공정거래위원회 7

2024년 1월 8일 초판 1쇄 인쇄
2024년 1월 11일 초판 1쇄 발행

지은이 현우
발행인 김관영

기획 이기헌 왕소현 임동관 박경무 강민구 조익현
책임편집 금선정
마케팅지원 이원선

발행처 (주)로크미디어
출판등록 2003년 3월 24일
주소 서울시 마포구 마포대로 45 일진빌딩 6층
Tel (02)3273-5135 Fax (02)3273-5134
홈페이지 rokmedia.com **E-mail** rokmedia@empas.com

© 현우, 2023

값 9,000원

ISBN 979-11-408-1426-8 (7권)
ISBN 979-11-408-1419-0 04810 (세트)

Contents

질 끝판왕 사망

한명그룹
김성균 본부

오히려 좋아 (2)

"이게 말이나 될 소리요!"

과징금까지 통보하니 박 변호사가 한달음에 달려왔다.

그는 흥분을 주체하지 못하며 호통을 쳐 댔는데, 그를 알 턱이 없는 준철은 심드렁했다.

"누구십니까."

"ATT 법률 대리 박병수 변호사요."

"ATT는 임원도 없고, 직원도 없습니까? 왜 내부 직원이 오지 않으시고……."

"지금 누가 온 게 그렇게 중요합니까. 한국공정위가 외국 기업에 대해 부당한 짓을 해 대기에 법률 대리인 내가 왔소. 나는 공정위의 위법 부당한 만행을 엄정한 법적 논리로 따질 겁니다."

말 한번 거창하다.

소명도 못 해 자국에서 빽 데려온 놈이.

"엄정한 법적 논리 따져서 물은 과징금이 이겁니다."

"아무리 홈그라운드라 해도 경우가 있지! 과징금 130억에 시정명령? 한국은 로열티에 대한 존중도 없습니까? 정당한 특허 권리를 국가기관이 묵살해도 되는 거요?"

"말씀이 지나치시군요."

"내 말이 틀렸소? 이렇게 노골적으로 자국 기업 편들어 주는 나라도 없을 겁니다. 그러고도 여기가 '공정'거래위원회요?"

한 번은 참기로 했다.

말마따나 여기가 국내 조선 업계의 홈그라운드인 건 사실이니.

"어떠한 점이 불공정하다는 건지요."

"그걸 구구절절 다 설명해야 알아듣습니까?"

"시간 많습니다. 저희는 기업들의 이의 제기를 늘 존중하는 편입니다."

확실히 프랑스 기업이긴 한 모양이다.

한국 사람들은 하던 짓도 멍석 깔아 주면 못 한다던데, 이쪽은 물 만난 제비마냥 쏘아붙였다.

"첫째! 시장질서에 공정위가 개입하지 마쇼! 국내 조선 업계나 우리나 국가기관에 보호받아야 할 만큼 작은 업체들 아니요. 우리의 로열티는 시장에서 치열한 경쟁 끝에 형성된 가격이라고."

입술이 달싹거렸다.

누가 지금 가격 가지고 시비 걸었나. 정당한 라이선스에 안 정당한 시공 서비스까지 끼워 파니 문제다.

"그리고 둘째! 라이선스와 시공 작업을 분리할 생각 마쇼! 국내기업들은 이걸 자꾸 분리하겠다 억지 부리는데, 이 시공 서비스까지가 로열티 범위란 말이오."

"보통 그런 걸 끼워팔기라 합니다. 냉장고만 사겠다는데 왜 자꾸 설치비까지 받겠답니까."

"우리 탱크 기술을 고작 냉장고에 빗대는 게 권리 침해라는 겁니다. 이게 그렇게 하잘것없는 기술 같으면 국내 업체서 개발하세요. 천연가스를 영하 162도에서 액화시키고 안정적으로 관리할 기술."

준철은 머리를 긁적였다.

"얘기가 또 그렇게 귀결되는군요. 우리 조건이 싫으면 다른 기술 써라."

"그게 시장 논리 아니오."

"그 시장 논리 함정엔 ATT도 자유롭지 못합니다."

"뭐요?"

"국내 업체들의 요구 조건이 싫으면 다른 선박 업체랑 거래하세요. 납품 끊어 버리면 되는 거 아닙니까."

기세등등하던 박병수의 입이 다물어졌다.

ATT사도 이 방안에 대해 생각 안 해 본 게 아니다.

국내 업체들이 저장 탱크 개발에 열을 올릴 때 ATT는 선박 시장을 노렸다. 독보적인 저장 탱크 기술에 움직이는 배만 확보할 수 있으면 천연가스 시장은 ATT의 독무대나 다름없었다.

하지만 인류 최첨단 기술이 축적된 LNG 시장은 벽이 높았다. ATT가 지분을 사들였던 유수의 조선 업체는 입찰 시장에서 모두 한국 조선 업계에 밀렸다.

"⋯⋯."

그런 만큼 더 잘 안다.

글로벌 점유율 87%인 한국과 연을 끊는 건 동반 자살이나 다름없다는 걸.

"겨우 뉴스만 좀 찾아봤는데, 서로가 정말 필요한 업체라는 건 알겠더군요."

"그 관계를 파탄시킨 게 바로 한국 조선 업계요."

"그러면 그 관계를 다시 회복할 수 있는⋯⋯ 가장 빠른 방법만 말씀드리겠습니다."

준철은 가볍게 한숨을 쉬었다.

"국내 업체들하고 합의하세요."

"합의?"

"그게 제일 빠릅니다. 그럼 과징금도 무를 수 있고, 이 문제는 없던 일이 될 겁니다."

"우리라곤 안 해 봤겠소? 내가 직접 돌아다니면서 우리 피 같은 기술 전수해 주겠다 했소. 그걸 걷어찬 게 누군지 아시오."

"2세대 저장 탱크 기술은 국내 업체도 많이 따라잡은 거 아닙니까. 좀 더 진정성 있게 그들을 대해 주시죠."

"지금 무슨……."

"이건 강요가 아니라 말 그대로 가장 빠른 방법에 대해 말씀드리는 겁니다. 양 기업이 원만히 합의하는 게 가장 빨라요."

이 문제에서 빠지고 싶다. 그게 가장 솔직한 심정이다.

엄정하게 법리를 따져 끼워팔기라 결론 내렸지만, 솔직히 외국계 기업이라 처벌하고 싶지 않았다.

놈들이 자국 기업 편들기라 매도하면 속수무책으로 당할 수밖에 없으니.

"그럼 그렇지. 속셈이 따로 있었구만."

하지만 뒤이어 나온 박병수의 반응은 그 기대를 산산조각 냈다.

"혹시 뒤에서 돈이라도 받은 게요. 아님 은퇴 후에 자리라도 보장받았나."

"……뭐라고요?"

"우린 당신들이 편파 조사하고 있다 생각합니다. 피부로 느껴질 만큼 아주 노골적이라고!"

당장 자리를 박차고 일어나려 했는데 박병수가 먼저 선수를 쳐 버렸다.

"근데 우리라곤 당하고만 있겠소? 우리도 닿는 연줄 다 동원해 한국 공정위의 만행에 대응하겠소."

"또 프랑스 재정부에 공문 요청하시려고요?"

"아시는 분이 참 배짱도 좋습니다. 이 문제가 통상마찰로 비화되면 누구 손해일지 한번 곰곰이 생각해 보세요. 그리고! 계속해서 합의를 종용했던 팀장님의 언행도 잊지 않겠습니다. 공식적으로 문제 제기되면 엄정하게 조사될 거요."

놈은 할 말이 끝나자 그대로 자리를 나가 버렸다.

준철은 끓어오르는 분을 참으며 심호흡을 했다.

이 자리에 들어오기 전에 몇 번이나 다짐하지 않았나. 두 번째까지는 참아 주자고.

놈은 그 기회를 톡톡히 써먹었을 뿐이다.

박병수는 큰소리 떵떵 치고 나오긴 했지만 심란한 마음이 가시지 않았다.

상황은 최악이다.

프랑스 재정부의 공문 한 장이면 조사가 곧 종결될 줄 알았건만…… 되레 놈들의 화를 돋운 것인지 시정명령에 막대한 과징금까지 통보받았다.

문제는 프랑스 당국이 깊게 관여하고 싶지 않아 한다는 거다.

천연가스라는 특수성 때문에 어렵사리 공문 한 장 얻어 냈지만, 이건 사실 국익과 별 관련 없는 문제였다. 당사자인 자신들도 끼워팔기라는 걸 아는 상황에서 당국이 발 벗고 나서 줄 리 만무하다.

사실 젊은 놈이 지껄인 소리가 틀린 말은 아니었다.

이 문제를 해결할 수 있는 가장 빠른 방법은 지금이라도 합의하는 것이다.

피해 기업이 고발을 취하하면 과징금도 취소될 것이고, 그나마 유리한 조건으로 계약을 유지할 수 있다.

박병수 변호사는 곧 빅5 조선사 사장을 한자리에 모았다.

"참 이 문제 가지고 몇 번이나 얼굴 붉혀야 하는지 모르겠습니다."

공정위에서 과징금을 발표한 탓일까. 확연히 달라진 태도가 눈에 띈다.

이 자리에 모인 사장들 얼굴이 묘하게 뻣뻣해져 있었다.

"경쟁 업체도 아니고 공생 업체인데 이게 뭐 하는 꼴인지 원…… 오늘은 진짜 이 문제를 해결해 보고자 합니다."

"박 변호사. 알 만한 사람끼리 그리 뜸 들일 필요 없습니다. 하고 싶은 말이 뭐요."

"그럼 바로 본론을 말씀드리죠. 이게 ATT가 생각하는 합의안입니다. 읽어 보시지요."

서류를 돌리자 잠시 침묵이 흘렀지만, 곧 노기 어린 목소리가 튀어나왔다.

"그러니까 앞으로 엔지니어링 서비스를 의무화하지 않는 대신 로열티를 올려 달라, 이 말입니까."

"네."

"우리는 글로벌 시세를 반영해 계약하지 않았소? ATT의 저장 탱크는 납품 단가가 다 똑같은 걸로 압니다. 그럼 ATT가 다른 나라에도 로열티를 올리는 거겠지요?"

"그건 저희가 결정하겠습니다. 만약 이 조건이 싫으면 B안도 있습니다."

"B안은 읽어 볼 것도 없겠네. ATT가 넘기겠단 기술은 이미 우리도 많이 따라잡았소. 이거 안 받겠다고 한 지가 언젠데 아직도 그 소리요."

회의실 곳곳에서 불만이 튀어나왔다.

"박 변호사는 우리가 원숭이인 줄 아시오? 끼워팔기를 하지 말라는 건 당신들이 걷어 가는 부당이익금을 그만두란 뜻입니다. 이런 조삼모사식 합의안에 누가 동의하겠소?"

"결국 또 거절하시는군요."

박 변호사는 그리 말하며 마지막 서류를 꺼냈다.

"그럼 이 문제 가지고 진짜 끝장을 보는 수밖에."

"뭐요? 이미 과징금에 시정명령까지 다 나왔는데, 또다시 자국에서 공문 가져올 거요?"

"우리가 거기서 그칠 것 같습니까. 공정위와 국내 조선 업계의 유착 관계를 검찰에 고발까지 할 겁니다."

"뭐라? 무슨 관계?"

"공정위 만나 보니 계속해서 합의를 종용하더군요. 우린 이 관계가 무척 의심스러워 당국에 직접 항의도 했습니다."

빅5 사장들의 얼굴이 싸늘하게 굳었다.

그럼 그렇지. 기업과 관료의 유착 관계가 하루 이틀 일인가.

"지금 뭐라 했소."

"아닙니까? 그 젊은 팀장한테 직접 물으니 한마디도 반박하지 못하던데."

"……그 얘길 당사자한테 직접 했다고요? 이 사건 담당자가 이준철 팀장 아니오?"

"잘 아시는군요. 우린 과징금이 떨어진 배경도 궁금하고, 계속해서 합의를 종용했던 그자의 태도도 의심스럽습니다. 대체 무슨……."

박 변호사는 말을 잇다 이상한 기분을 느꼈다.

진짜 중요한 말은 지금부터 시작인데, 빅5 사장들이 수군거리기 시작했기 때문이다.

뭔가 이상하게 돌아간다 생각하기도 잠시.

"조 사장. 우리의 우려가 현실이 됐구먼. 그놈이 외국계 기업이라고 정말 많이 봐준 모양이야."

"세상에나…… 그놈이 어떻게 그 소릴 듣고 가만히 있었지?"

"우리 같은 국내 기업이 그 소리 했어 봐. 집행유예도 어림없어. 실형 떨어질 때까지 괴롭혔을걸."

엉뚱한 소리가 계속되던 중. 대웅조선 조 사장이 딱한 얼굴로 말했다.

"박 변호사. 지금 우리랑 그놈의 유착 관계가 의심된다 말씀하셨소?"

"아직 내 얘기 안 끝났어요."

"별로 안 궁금하니 나중에 하시구려. 근데 당신이 이 얘긴 알아야 할 겁니다. 우리 대웅조선이 하청 특허 한 번 잘못 건드려서 욕 한번 크게 봤거든. 그때 배 한 척 다 까서 우리 망신 준 게 누군지 아시오?"

"박 변호사. 우리 대성중공업은 하청 근로자 산재 한 번 은폐한 적 있는데 그때 작업 중지 명령까지 당했소. 그때 떨어진 주가가 아직도 회복을 못 하고 있습니다. 허허. 그게 누구 때문에 그런지 아시오?"

"……지금 무슨 소릴 하는 겁니까."

"궁금하면 우리 주가 공시 찾아보시구려. 당시 담당자가 누구였는지."

"아이고— 주가 공시까지 갈 필요 있나. 인터넷만 쳐도 나

공정거래
위원회

와. 그놈이 언론사들 다 끌어모아서 공론화시켜 버렸잖아."

박 변호사의 얼굴이 쩍쩍 갈라지자 조 사장이 서류를 쓱 돌려줬다.

"우린 이 조건 합의 못 하니, 공정위 처벌 달게 받으시구려."

"……."

"무운을 빕니다."

정신 차려 보니 빅5 사장들이 모두 동정 어린 시선으로 자신을 쳐다보고 있었다.

질 끝판왕 사망

한명그룹
김성균 본부

꽤 공정한 놈

"생각보다 꽤 참을성 있는 놈이구먼. 그 소리를 다 참아 줬어?"

"네. 그렇다고 하더군요."

"그 성질에 어떻게 참았대. 다른 건 몰라도 국내 업계랑 붙어먹었냐 소리는 책상 엎을 만한데."

"그냥 웃음만 나왔답니다. 따지고 보면 그 친구야말로 그런 의혹에서 가장 떳떳하지 않습니까."

잘못 짚어도 한참을 잘못 짚었다. 국내 조선 업계를 초상집으로 만들었던 게 누군데.

ATT사야 과징금과 시정명령이 큰 처벌처럼 느껴지겠지만, 국내 업체 두 곳은 놈에게 생산 중지랑 작업 중지까지 당했다.

"국내 업체들도 웃었을 겁니다. 자기들은 몽둥이로 두들겨 맞았는데, 이놈들은 고작 회초리 한 대 맞았다고 앓는 소리를 해 대니."

김태석 국장은 피식 웃었다.

지금 보니 오 과장이 업무 배당을 참 잘한 것 같다. 국내 기업과 외국 기업의 싸움이라 특혜 시비에 민감하다. 그런 시비에서 완전히 자유로울 수 있는 놈은 공정위에서 이놈밖에 없겠지.

웃음 뒤엔 한숨도 나왔다.

행정명령 불복이야 익히 예상했다만 면전에 대고 이런 소리까지 해댈 줄이야. 무례한 소리를 서슴없이 지껄이는 걸 보니 아직 한국 공정위가 봉으로 보이는 모양이었다.

"기업 간의 합의도 불발됐겠다, 우리 행정명령도 불복했겠다…… 그럼 이제 남은 건 하나밖에 없네?"

"네. 소송전으로 갈 것 같습니다."

"법원 가면 어떻게 될 것 같아?"

"뭐 소명 기회를 여러 차례나 줬는데, 걷어찬 건 그놈들 아닙니까. 저희 쪽이 훨씬 우세하다 봅니다. 다만……."

"국적이 걸린다."

오 과장은 고개를 끄덕이며 조심스레 그 얘기를 꺼냈다.

"국장님. 이젠 저희들의 우려가 현실이 될 것 같습니다."

"통상마찰?"

"네. 이놈들이 계속 기고만장할 수 있는 이유는 그것밖에 없어요. 또다시 프랑스 재정부 동원해서 저희를 압박할 모양입니다."

그것 말곤 방법이 없다.

하지만 그걸 꺾을 수 있는 방법도 마땅치 않다.

과연 프랑스 재정부가 이 문제에 또 나설까. 관례적으로 한 번 공문을 보낸 정도로 끝낼 것 같긴 한데, 이건 또 모른다.

자국에서 안보 다음으로 중요시 생각하는 에너지산업 아닌가.

만약 ATT가 또다시 빽을 데려와 훼방을 놓으면 문제는 골치 아파진다. 통상마찰까진 몰라도 통상기싸움 정도는 감수해야 한다.

"혹시 우리가 과했던 부분은 없나?"

"과징금 말씀이십니까?"

"우리도 놈들에게 빌미를 줘선 안 돼. 혹시 ATT랑 협상하려고 일부러 과도하게 부과한 부분이 있다면 지금이라도 말해."

"그것도 조선 업계가 입은 피해에 비하면 상당히 과소하게 매긴 겁니다. 이 돈은 10원 한 장 허투루 매기지 않았습니다."

김태석 국장은 혀를 끌끌 찼다.

"상황 참 고약하게 됐구먼. 난 프랑스까지 보내고 싶지 않은데."

"그건 프랑스 당국도 똑같은 심정일 겁니다. 다만 천연가스 관련 사업이라 안 나설 수도 없었겠죠."

"그럼 그냥 우리 식대로 하는 건 어때. 소송 진행."

"그것도 정석적인 방법이긴 합니다만…… 찝찝한 문제는 해결하고 가는 게 낫죠. 놈들은 법원 가서도 국적 방패로 숨을 겁니다. 저희 선에서 이 문제를 확실하게 정리하지 않으면 두고두고 뒷말이 나올 겁니다."

후환이 크다.

이건 법원의 결정에도 영향을 줄 수 있는 문제다. 만약 법원이 외교적 사안을 고려해 다른 판결을 내린다면 공정위에겐 치명타다.

"만약 보내 주면 어떻게 할 생각이야?"

"일단 프랑스 재정부 설득해야죠. 이건 국익이 아니라 회사 간 특허 다툼일 뿐이란 걸 어필하겠습니다."

"그쪽도 이미 알 얘긴 알 거야. 자존심 때문에 참전했지."

"그럼 이 팀장 말대로 그 얘기 거론해야죠. EU경쟁당국에서 대웅조선 합병 거부했을 때, 저희는 아무런 이의 제기하지 않고 판단 존중했습니다. 그럼 그쪽도 저희 판단에 존중해 줘야죠."

얼마간 고민하던 김 국장은 용단을 내렸다.

"좋아. 한번 해 보자. 나도 법원에서 우리 결정 뒤집는 건 못 보겠다. 다른 이유도 아니고 정치적 이유 때문이라면 더

공정거래
위원회

욱더."

"네."

"자리 만들어 주고 통역만 붙여 주면 되지?"

"네. 뭐 이 팀장은 끝판왕인 칸 위원장도 만나 봤는데, 알아서 우리 입장 잘 설명해 줄 겁니다. 저도 당연히 함께할 거고요."

김 국장은 서류를 덮으며 오 과장에게 건넸다.

"산업통상부랑 얘기해서 날짜 곧 잡지."

❧

산업통상부에 얘기를 전하자 난감함을 감추지 못했다.

어떻게든 이 문제를 좋게 끝내려 했으나 결국엔 커지고 말았으니.

심 실장은 여러 이유를 들어 기업 간의 해결을 요청했으나, ATT의 무례한 언행에 대해 들었을 땐 마음을 완전히 단념했다.

담당자 면전에 대고 유착 관계 의심을 해 대다니…… 자국 공정위였더라도 놈들이 그렇게 했을까.

준철의 이력은 그 논란에 쐐기를 박았다. 국내 조선 업계에 누구보다 잔인했던 담당자다. 그에게 사심이 없단 걸 확인한 산업부는 프랑스 재정부와 EU경쟁당국에 공문을 보내

면담 날짜를 잡아 주었다.

꽤나 촉박한 시간이었기에 준철과 오 과장은 보고서 번역 작업에 날밤을 지새웠다. 누워도 잠에 들 수 없었다. 국장님이 총력을 다해 마련해 준 기회인 만큼 부담감이 몸을 떠나지 않았다.

하지만 몸은 그렇지 않은 모양이다.

비행기가 이륙할 때 스르륵 눈이 감겼는데, 다시 떠 보니 바로 파리에 도착해 있었다.

"이 팀장. 잠 많이 못 잤냐."

"……예?"

"코 고는 소리가 비행기 엔진 소리보다 더 크더라. 혹시 나 들으라고 더 큰 게 곤 건 아니지?"

"아, 아닙니다. 죄송합니다."

"농담한 거 가지고 죄송은 무슨. 덕분에 기내식 두 그릇 먹어 봤다. 가자."

헤밍웨이가 했던 말인가. 파리는 언제나 축제라고…….

무더위가 한풀 꺾이며 한산한 가을 날씨였지만 드골공항은 발 디딜 틈 없이 붐볐다. 인파에 치이며 겨우 공항에서 벗어난 세 사람은 바로 호텔로 향했다.

"과장님, 면담이 언제입니까."

"내일 5시. 프랑스 재정부 국장이랑, EU경쟁국장이랑 함께 만나기로 했다."

오 과장은 긴장한 기색이 역력했다.

"따로 뭐 준비할 건 없고?"

"네. 번역 자료만 있으면 됩니다. 저희가 했던 조사는 정말 자신 있습니다."

"꼭 조사가 완벽했다고 뜻이 다 전달되는 건 아니다. 놈들도 우리가 나쁜 짓 하는 놈들이라 생각 안 해. 이해관계가 얽혀 있으니, 엉뚱한 억지가 나올 수도 있다."

"걱정 마십쇼. 그 어떠한 억지를 부려도 설득할 자신 있습니다."

준철의 목소리엔 자신감이 팽팽했다.

하긴. 업계 끝판왕인 연방거래위원장까지 설득해 본 놈인데 저 정도 자신감은 있겠지.

"그럼 내일 컨디션만 좋으면 되겠군. 오늘은 일찍 자자."

"네."

개선문에서 얼마 떨어지지 않은 호텔에선 에펠탑이 훤히 다 들여다보였다.

자정을 기점으로 관광객들을 위한 점등 행사가 펼쳐졌지만 구경도 못 해 보고 잠에 드는 준철이었다.

❧

"안녕하세요. 프랑스 재정부국장 앙리요."

"EU경쟁국장 파비안이라고 합니다."

"반갑습니다. 한국 공정위 오 과장이라고 합니다."

경제재정부에 도착하니 중년인 사내들이 이들을 맞았다.

악수를 나누는 그들의 손엔 힘이 잔뜩 들어가 있었는데, 팽팽한 긴장감이 확 느껴졌다.

"어제 에펠탑에서 점등 행사가 있었는데 보셨는지요."

"아, 그랬습니까."

"한국에서 특별한 손님들이 오신다기에 조촐한 환영 인사를 드렸지요."

"이런. 숙소에 도착하자마자 잠들었는데."

"마침 그 점등 행사가 오늘까지라 하니 둘러보시지요. 사실 그 에펠탑 점등 행사에는 한국 관광객들이 정말 많습니다. 우호적인 불·한 관계의 상징적인 면 아닐까 싶네요."

회의는 덕담으로 시작되었지만 일 얘기가 시작되자 금세 얼굴이 무거워졌다.

"저희는 과징금과 시정명령을 내렸습니다. 이게 저희들이 처벌한 내용입니다."

앙리 국장은 한국 측의 서류를 받고 한동안 침묵에 잠겼다.

"사실 에너지와 관련한 문제라 우리 당국도 그냥 넘길 수 없었습니다. 우리가 보낸 공문이 한국에 실례가 되었다면 이해해 주세요."

"네. 이해합니다."

"다만 이 문제는 좀 들어 봤음 하는데…… 과징금과 시정명령을 내린 연유를 들어 볼 수 있을까요?"

앙리 국장이 그리 묻자 오 과장이 시선을 돌렸다. 당사자가 직접 대답하란 뜻이다.

준철은 두 사람을 응시하며 목소리에 힘을 줬다.

"명백한 끼워팔기였습니다."

"끼워팔기요?"

"ATT사는 엔지니어링 서비스를 자꾸 로열티 안의 권리라 주장하는데 이는 근거가 없습니다. 일례로 세상에서 가장 많은 특허를 보유하고 있는 미국도 이렇게 로열티를 팔진 않죠."

"흠……."

"그건 프랑스 정부도 마찬가지일 겁니다. 상품과 시공 서비스는 합쳐질 수가 없는 관계죠. 우리는 ATT에게 이 문제에 대한 설명을 듣고 싶었는데, 계속해서 답변을 미뤄 왔습니다."

준철은 그간의 사정을 설명했다. 놈들에게 당한 모욕적인 언사도 말하고 싶었지만 굳이 그런 추태까지 보이고 싶진 않았다.

"그게 과징금과 시정명령을 내릴 수밖에 없는 이유였습니다."

"무슨 사정인지는 알겠습니다만…… 그래도 기업 질서를 존중하는 게 어떨지."

역시나.

순순히 협조하진 않는구나. 하긴 무슨 죄를 지었든 간에 자국 기업의 이익이 달린 문제니 객관적으로 판단하기 힘들 것이다. 게다가 천연가스 관련 사업이니 더더욱 냉정한 판단을 기대하기 힘들다.

"경쟁당국장님께선 어떻게 생각하십니까."

"……예?"

"EU경쟁당국과 저희가 국경은 달라도 동종 업계 사람이잖아요. 저희의 처벌이 과하다 생각하십니까?"

도발적인 물음에 당황하기도 잠시.

"그건 왜 물으시는지."

"아시다시피 한국 조선 업계가 합병 신청을 한 적이 있었죠."

"……."

"하지만 당시 EU는 국내 조선 업계의 독과점이 우려되어 합병 심사를 거부하셨습니다."

"설마 지금 그 사사로운 감정을 대입하는 겁니까."

"아니요. 그건 주권 국가의 정당한 권리 행사였다 생각합니다. 그러니 우리의 결정도 존중해 주셨으면 합니다. 아시다시피 이는 국익과 전혀 관련 없는 문제예요. 오로지 회사의 이익만 있습니다."

그들이 합병을 거부했을 때, 한국 공정위도 거들지 않았다. 철저히 사익이다. 분명 치우침 없이 판결했을 것이다.

같은 요구 조건이었으니 반발할 수 없었다.

"부탁드리겠습니다."

준철이 살짝 고개를 숙이자 침묵이 흘렀다.

앙리 국장이 이윽고 말을 뗐다.

"이거 참 민망하게 됐군요. 솔직히 천연가스 관련 문제라 어쩔 수 없이 참여하긴 했다만 우리도 내키지 않았어요."

그는 가볍게 한숨을 내쉬었다.

"ATT에서 어찌나 공문을 보내 달라 하던지 원. 하지만 이 문제가 국익과 관련 없다는 것쯤은 우리도 압니다."

"하면……."

"한국 공정위의 결정을 존중합니다. 문제가 있다면 시정해야죠. 다만 어렵게 개발한 로열티는 존중해 주셨음 하는 바람입니다."

"물론입니다. 저희가 원하는 건 끼워팔기 하나만 없애면 됩니다."

두 사람이 고개를 끄덕이자 EU경쟁당국장이 가볍게 한숨을 내쉬며 말했다.

"EU경쟁당국 또한 한국 공정위 결정에 관여하고 싶지 않습니다. 우호적인 양국 관계에 불필요한 오해가 생겨선 더더욱 안 되죠. 한국의 결정을 존중합니다."

[속보 - 공정위 과징금 결정]
[ATT사에 130억대 과징금 및 시정명령]
[특허권 남용에 대한 행정 규제]
[외국계 회사라도 예외는 없나?]

마지막 남은 장애물을 제거한 뒤, 공정위는 처벌 내용을 공식 발표해 버렸다.

그 내용은 업계에 상당한 파장을 가져왔다.

특허 갑질은 늘 있어 왔던 문제지만 자국 기업과 외국 기업이 전면전을 펼치는 건 이례적인 일이다. 그런 만큼 공정위가 소극적으로 나올 것이란 관측이 우세했다. 하지만 모두의 예상을 뒤엎고 공정위가 완벽히 국내 업체들의 손을 들어 주었으니…….

[예고된 불복, ATT사 법정 싸움까지 가나?]
[천연가스는 유럽의 아킬레스건]

축포가 터지기는커녕 우려 섞인 기사가 더 쏟아져 나왔다. 네티즌들의 반응도 마찬가지였다.

공정거래
위원회

-EU는 국내 조선사들의 합병도 거부한 놈들이다.

　천연가스 문제에 대해선 양보가 없지. 자국 기업의 저장 탱크 건들면 가만있지 않을걸?

　-근데 가만 안 있으면 어떡할 거? 공정위가 발표한 내용 보면 끼워팔기 혐의가 명백한데.

　-명백이고 자시고 로열티 가진 놈이 왕이지. ―― 꼬우면 국내조선사들이 저장 탱크 개발하든가.

　-그건 그쪽도 마찬가지지. 꼬우면 다른 조선 업체 알아보든가.

　-공정위 발표 믿고 주식 주워 담는 흑우 없제? ^^

　지금이야! 익절 칠 수 있는 마지막 기회! 법원까지 가면 무조건 뒤집힌다. 외국계 기업한테 끼워팔기? 그딴 개념도 국내 업체들 간에 갑질하라고 만든 거지, 무슨 글로벌 시장 논리에 적용시키려 그래.

　-ㄹㅇㅋㅋ 한국 공정위가 선 넘었어. 자칫하면 유럽 시장 잃을 수도 있는데 뭔 깡?

　-맞아. 국내법 잣대로 따지면 OPEC은 석유 가격 담합 업체냐? ㅋㅋ 분수를 모르고 너무 나댐.

　-2년 전을 기억해 바보들아!

　한국 산업은행, 공정위, 일본, 미국, 중국. 전부 다 합병 찬성 했는데, 딱 한 놈 반대해서 밥상 엎어졌어. 시즌2 찍을 거야?

　-ㅋㅋㄹㅇ EU가 어떤 놈인데 이걸 그냥 보고만 있어.

　하지만 그 기대를 산산조각 내는 발표가 뒤를 이었다.

다시 만난 ATT사.

이번엔 박병수뿐 아니라 마르숑 사장까지 나왔다. 일전과 달리 그들은 나라 잃은 얼굴로 준철을 마주했다.

뭐 진짜로 나라를 잃긴 했지. 든든한 백이었던 프랑스와 EU에서 자신들의 편을 안 들어줬으니 말이다.

"과징금 130억과 시정명령. 이게 저희가 내리는 처벌의 전부입니다. 더 하실 얘기가 있습니까?"

사실 시정명령은 몰라도 과징금은 협상할 여지가 있었다. 해당 결정에 승복하겠다 말하면 절반 정도로 줄여 줄 생각이었다. 아니, 아예 안 받아도 좋다. 앞으로 끼워팔기 안 하겠단 약속만 받아 낸다면.

박병수 변호사는 왠지 그런 걸 바라는 눈치였지만 마르숑 사장은 영 아니었다.

그는 준철의 얼굴을 한 번 째려보더니 말했다.

"한국 공정위도 참 치사합니다, 그래."

"무슨 말씀인지."

"프랑스 재정부랑 EU경쟁당국까지 가서 우릴 이간질시키지 않았소. 어떻게 구워삶은 건지 모르지만 우린 모든 방법을 다 동원해 끝까지 싸울 거요."

박 변호사는 긴 한숨을 내쉬며 고개를 숙였다. 이쪽은 법조인이니 더 이상의 싸움이 무의미하단 걸 아는 모양이다.

"정 그렇게 돈과 시간이 남으시면 마음대로 하세요. 근데 이간질시킨 건 우리가 아니라 ATT 아닙니까."

"뭐?"

"만나 보니 그쪽도 별로 이 문제에 개입하고 싶지 않아 하더군요. ATT사에서 천연가스 문제라고 하도 겁박을 주니 어쩔 수 없이 공문 한 장 날려 준 거랍니다."

마르숑 얼굴이 벌게졌다.

맞는 말이다. 그 또한 닿는 연줄을 모두 동원해 이 공문 한 장을 받아 냈다.

하지만 자국에서 이 공문을 이렇게 쉽게 철회할지 몰랐다.

"많은 사람들이 다 부당행위라 생각하고 있습니다. 물론 우리 공정위가 기업 간의 싸움에 깊게 끼어들진 않을 거예요. 끼워팔기에 대한 부분만 없애 주면 과징금도 최대 절반까지 낮춰 드리겠습니다."

준철은 그리 말하며 눈을 돌렸다.

"박 변호사님은 아마 아실 겁니다. 국내 조선 업계를 제가 어떻게 처벌했는지."

"……."

"다른 곳은 작업 중지랑, 생산 중지까지 얻어 냈습니다. 이런 제가 국내 업계랑 유착 관계라니 말이 안 되죠."

"그때 했던 말 중에 오해가 남은 모양인데……."

"그 문제 때문에 기분이 상했다는 건 아닙니다. 지금 이 처벌이 결코 과하지 않다는 걸 말씀드리는 거죠. 당장 결정 내리기 어려우시면 잠시 시간을 좀 드리겠습니다."

그리 말하며 준철은 자리에서 나왔다.

두 사람은 한참이나 말을 잇지 못하다 마르송이 겨우 입을 뗐다.

"미스터 팍. 저자의 말이 사실이오?"

"예. 국내 업계에선 이미 악명이 자자한 인물이더군요."

"하아……."

"사실 이자의 평소 행실을 보면 저희 처벌은 정말 약과입니다. 다른 방안을 생각해 봐야 할 것 같습니다."

다른 방안.

공정위의 처벌에 모두 따르라는 것을 뜻한다.

앞으로 ATT는 끼워팔기를 할 수 없으며, 계약 조건도 상당 부분 바꿔야 한다.

당장의 과징금은 눈에 들어오지 않았다.

앞으로 이 모든 걸 다 하지 못하게 된다는 게 마르송에겐 뼈아픈 사실이었다.

이미 다 결정 난 사항인데, 마르송은 대답을 주저했다.

"마르송 사장님. 아직 입장 정리가 안 되신 겁니까."

박병수는 지금이야말로 직설적으로 말해야 할 때란 걸 알았다.

"만약 저희가 재판을 계속 고수하면 더 큰 처벌을 받게 될지도 모릅니다."

"더 큰 처벌?"

"법원 싸움까지 가면 놈들도 과징금을 올릴 공산이 크죠. 법원에서 깎아서 부과할 가능성도 있으니. 사실 지금 상황에선 믿을 게 없습니다. 프랑스 당국, 아니 EU경쟁당국에서도 이 문제에 관여하지 않겠다 하지 않았습니까."

가장 믿을 만한 방패 두 개가 없어졌다.

재판에서 지는 건 자명한 일이다.

"이렇게 되면 차라리 죄를 시인하고 선처를 바라는 게 낫습니다. 맞고 고치나, 덜 맞고 고치나 하는 차이일 뿐이죠."

마르숑은 한숨을 푹푹 쉬어 댔다.

정말로 숨이 막히는 놈이다. 이걸 가지고 자국까지 건너가다 설득을 해 버리다니.

"사장님……."

박 변호사가 대답을 재촉할 때, 문이 열리며 준철이 들어왔다.

"충분한 상의 시간을 드린 것 같은데, 대답이 정리됐나요?"

박병수 변호사는 고개를 푹 숙이며 눈치만 살폈다.

"계속하실 건가요?"

준철이 다시 물었다.

그러자 마르숑 사장은 어렵사리 입을 뗐다.

"승복……하겠습니다. 공정위의 시정명령에 따라 계약서 내의 불공정 조항에 대해 고치겠습니다. 그리고 과징금 은…… 공정위의 너른 이해 부탁드리겠습니다."

마르숑 사장의 대답과 함께 모든 것이 정리됐다.

명백한 끼워팔기에, 불공정 약관이었지만 공정위도 자비를 베풀었다. 추후의 문제, 즉 불공정 약관에 대해선 모두 시정명령을 내려 삭제시켰지만 과징금은 절반 정도로 낮췄다.

이 내용은 모두 주가 공시를 통해 발표되었다.

국내 조선 업계 다섯 곳을 통해 이 내용이 발표되자 주가가 급히 반등하며 주주들의 파티가 열렸다.

-이준철이! 이준철이!

저 새끼 때문에 물렸던 내 투자금이 이제야 회복을 하는구나ㅠㅠ

-ㅠㅠㅠㅠㅠㅠ 결자해지 나이스다. 드디어 대웅조선이랑 대성중공업 주가 회복했다.

-이거 국내 조선 업계에 엄청난 호재지?

−○○ 끼워팔기 안 하면 순이익 오르겠지. 확실히 호재지.

−그럼 주주들한테 배당금도 오르나? ㅎㅎ

−이거 대기업들 아직도 모르네. 배당금이 느는 게 아니라 임원들 인센티브가 오른다——

"잘 해결됐나 보군."

김태석 국장은 이 반응을 보며 흡족해했다.

"네. 안 그래도 놈들이 재판까지 가면 어쩌나 걱정 많았는데, 다행히 막판에 회군했습니다."

"그 배경이 뭐야? 찔러도 피 한 방울 안 나올 놈들인데."

"하나밖에 없죠. 자국에서도 손을 떼니 전의를 완전히 상실했을 겁니다."

애초부터 안 되는 싸움이다.

천연가스가 연관되어 있다고는 하나, 이건 어디까지나 기업의 이윤이 달린 문제. 애초에 이걸 국익과 연관 지으려 했던 거 자체가 넌센스였다.

"국내 조선 업계도 좋아하겠군."

"우스개로 결자해지란 말이 돌더군요. 이 팀장이 특허랑 산재 은폐 혐의로 떨어트렸던 주가가 이제 겨우 회복되었으니."

"방심하지 말라 그래. 이번엔 우리가 도왔지만 이건 결국 그놈들의 구조적 문제야. 하청이 좋은 특허 개발했을 때 정당한 로열티 지불했어 봐. 저장 탱크 기술도 이보단 더 따라

잡았겠지."

"예. 저흰 다시 이놈들 예의주시할 겁니다."

지금의 일은 결국 원청의 잘못이다.

앞으론 건전한 기술 개발이 될 수 있게 시장을 잘 감시해야 한다.

"그나저나 이번에도 설득한 게 이준철이라고."

"네. 처음으로 그 위엄을 실감했습니다."

"위엄?"

"칸 연방거래위원장 만났을 때, 이 팀장이 직접 설득했다 하잖습니까. 솔직히 전 긴가민가했는데, 이번에 함께 가 보니 실력을 알겠더군요."

오 과장은 딱히 이 문제를 자기의 공으로 돌리고 싶지 않았다.

원체 아끼는 놈이기도 했고. 또 그 말이 사실이었다.

"너무 챙겨 주는 거 아니냐? 자네가 한 일도 많았겠지."

"쫄지 말고 할 말 다 하라고 해 준 게 전부입니다. 이 친구 정말 배짱 있어요."

김태석 국장은 흐뭇하게 웃더니 슬쩍 충격적인 말을 꺼냈다.

"그럼 이놈 과장으로 올릴까?"

"예?"

"이제 이놈도 곧 4년 차잖아. 승진 최소 연수는 애진작 채

공정거래
위원회

웠네."

"아, 예. 그건 그렇습니다."

"반응이 왜 그래? 그래도 아직 과장으로 올리기엔 무리 야?"

"그건 아닙니다만 너무 갑작스러워서……."

당황하긴 했지만 납득이 되는 승진이다.

이미 이놈은 팀장의 역할을 넘어섰다. 이번 유럽 미팅에서 놈이 얼마나 성장했는지 피부로 직접 체감하지 않았나.

"사실 지금까지의 커리어만 보면 무리한 결정도 아니죠. 이 팀장은 내일 당장 진급시켜도 손색없을 겁니다. 근데 어디로 보내시려고요."

"본청 세종으로 보내야지."

"좀 아쉽네요. 이놈은 지휘부에서 있을 놈이 아니라 현장에서 뛰어다녀야 할 놈인데."

"걱정 마. 한 1년 지휘부에서 구르다 바로 서울로 다시 부를 거야."

다시 돌아올 땐, 팀장에서 과장으로 승진해 있을 거다.

"그럼 바로 결정 내리시는 겁니까……?"

"아니, 만약 지금 승진 심사를 올리면 내년쯤에야 결정될 거야. 그냥 제일 가까이서 지켜본 자네 의견이 궁금해서 물어봤어."

나오는 말과 달리 김 국장은 이미 결심이 선 것 같았다.

"저는 찬성입니다. 뭐 똘똘한 놈 하나 잃는 게 아쉽지만, 제 밑에서 오래 있을 놈은 아닌 것 같습니다."

"무슨 자식새끼 출가시키냐. 흐흐. 어차피 연말쯤 되어야 얘기 다시 나올 테니, 그간 좀 지켜보자고."

"알겠습니다."

"고생 많았다. 꽤 큰 사건이었는데, 잘들 해 줬어."

질 끝판왕 사망

한명그룹
김성균 본부장

국감의 계절

국장실에서 나온 오 과장은 잠시 고민에 잠겼다.

행시 출신의 4년 차 사무관…… 솔직히 빠른 감이 없잖아 있다. 말이 좋아 4년 차지 사실상 최저 연수 채우자마자 바로 승진시키겠다는 것 아닌가.

아무리 고시 출신이라도 보통 6년 차에 진급하며, 그래도 초고속 승진, 엘리트 코스라는 수식어가 따라붙는다. 준철의 승진은 이런 암묵적인 관례를 뛰어넘는 수준이다.

'뭐…… 무리도 아니지.'

그럼에도 이 결정이 전혀 파격처럼 느껴지지 않았다.

놈은 확실히 다른 놈들과 다르다.

초임 때 두각을 드러내는 신입 팀장은 드물지 않게 있었다. 하지만 운이 좋아 큰 사건 만진 놈들은 다음 조사에서 과잉 조사로 걸리거나, 무리한 과징금으로 패소당하며 스스로 밑천을 드러냈다.

처음 잡았던 행운을 자기 실력인 양 믿다 결국 무너지는 것이다. 공정위 조사권을 무소불위의 권력처럼 휘두르다가.

놈에게는 그런 모습이 없었다.

특히나 이번 유럽 미팅에선 놈이 이미 팀장의 역할을 넘어섰다는 걸 톡톡히 체감할 수 있었다.

하지만…….

그래도 승진시키기 싫었다. 국장님께선 1년만 있다 다시 부를 거라 했지만, 이건 누구도 장담할 수 없는 얘기다.

솔직히 현장에서 구르다 본청으로 가면 누가 다시 돌아오고 싶겠나?

같은 고생을 해도 지휘부 옆에서 하면 더욱 표가 나기 마련이다. 고과도 더 챙겨 받고, 일도 훨씬 수월하다. 고위직들을 만나면 자연스레 자리에 대한 욕심도 생길 텐데, 이걸 박차고 나올 바보는 없다.

"고생했다. 국장님께서 입이 닳도록 칭찬하시더라. ATT 쪽에서 완벽히 승복한 거 맞지?"

"네. 대신 저희도 과징금 반으로 줄였습니다. 모두 과장님 덕분입니다."

준철이 헤실헤실 웃자, 오 과장이 퉁명스레 말했다.

"녹음기냐? 무슨 칭찬 한마디 할 때마다 똑같은 소리야."

"정말입니다. 과장님께서 국장님 설득해 주시지 않았으면 EU경쟁당국과의 미팅도 없었을 겁니다."

진심에서 우러나온 말이다.

만약 자리를 주선해 주지 않았더라면 법정 싸움까지 갔을 문제다.

"자리만 주선했지 가서 설득은 혼자 다 했잖아."

"저야 실무진이니까 할 말이 많을 수밖에……."

"단순히 실무자라서 그런 게 아니다. 네가 국내 조선 업계 박살 낸 전력이 있으니까 할 말 다 할 수 있었던 거야."

"그것도 그렇네요. 근데 저 대웅조선 특허 분쟁 때도 자리 만들어 주신 게 과장님 아니십니까."

"뭐?"

"그때 위원장님의 지시가 없었다면 배 한 척 다 못 까 봤을 겁니다. 생각해 보면 중요한 순간마다 과장님께서 다 자리를 만들어 주셨네요."

생각보다 이 녀석과의 추억거리가 많다.

오 과장은 희미하게 웃다 슬쩍 얘기를 꺼냈다.

"이 팀장. 그럼 앞으로 그 자리도 혼자 마련해 볼래?"

"예?"

"팀장급은 너무 업무 권한이 없잖아. 과장만 돼도 다르다. 주요 결정 권한은 물론, 필요하면 상급 부서에 직접 보고도 올릴 수 있다.”

“무슨 말씀인지…….”

“국장님이 너 과장으로 올릴 계획이신가 보더라. 슬쩍 한 번 의견 물어보라던데, 어때?”

준철의 반응은 좀 의외였다.

보통 진급 대상자라는 걸 알려 주면 좋은 티 감추려고 얼굴이 씰룩거리지 않나. 하지만 이놈은 전혀 기뻐하는 눈치가 아니었고, 되레 걱정스런 눈빛으로 변했다.

“진급…… 대상자요?”

“표정이 왜 그래. 징계가 아니라 진급 대상자다. 잘못 알아들었어?”

“아닙니다. 너무 갑자기 들은 터라…… 근데 이건 확정된 얘깁니까?”

“국장님이 직접 대상자로 추리신 걸 보면 무리 없이 이뤄질 거다. 빠르면 내년 초에 인사 발령 날 거야.”

감사합니다, 열심히 하겠습니다 이런 소리가 나와야 될 타이밍에 또다시 놈이 주춤거렸다.

“이 팀장, 아무리 고시 출신이라도 네 연차에 과장이면 1계급 특진이나 다름없어. 설마 내가 승진턱 내라고 할까 봐 표정 관리하는 거냐.”

“아닙니다. 사실 그래서 좀 당황스럽습니다. 내년이라 해 봤자 제가 겨우 3년 차 벗어나는 수준인데, 진급이 너무 빠른 건 아닌지……."

"빠르다마다. 네 나이 생각하면 국장까진 무리 없이 갈걸. 넌 지금 이럴 게 아니라 당장 버선발로 뛰어가서 국장님께 큰절 올려야 돼."

준철은 멋쩍게 웃으며 고개를 숙였다.

"죄송합니다, 과장님. 각별히 신경 써 주셨는데, 제가 너무 점잔 떨었습니다."

"이거 봐. 좋으면서 아닌 척할 줄 알았다. 흐흐."

"근데 과장님. 저 그럼 바로 종합국 과장이 되는 겁니까."

"그건 좀 어렵고. 본청에서 1-2년 있다 와야 돼. 가서 네 적성 찾으면 꼭 종합국으로 올 필요 있냐? 카르텔조사국으로 가도 되고, 시장감시국으로 가도 된다."

분야를 가리지 않고 다양한 조사를 해 왔다. 그 어떤 부처에 가든 쌍수 들고 환영해 줄 것이다.

하지만 준철은 다시 얼굴이 굳어졌다.

"그럼 저 과장님. 진급 안 하면…… 아니 조금만 미룰 수 없습니까."

"뭐?"

"저는 현장에서 굴러야 힘이 나는 놈입니다. 본청에서 책상 업무 보면 흥미가 많이 떨어질 것 같습니다."

가기 싫었다.

본청 지휘부는 조사 부처가 아니라 국회 입법부에 가깝다.

건전한 시장 조성을 위한 새 공정법 발의, 공정거래법 개정, 제도 개선 등의 고차원적인 일을 맡는다.

그래서 진급하고 싶지 않았다…… 아직 이번 생의 의미를 찾지 못했으니까.

한명 그룹을 떠올리면 자다가도 벌떡 일어날 만큼 치가 떨리지만, 매 사건을 맡을 때마다 내가 얼마나 한심한 놈이었는지도 함께 깨달았다.

지휘부로 가면 속죄할 기회도 없어지겠지.

"이 팀장. 까불지 말고 그냥 진급해."

오 과장은 그 한마디로 준철의 고민을 박살 냈다.

"본청 지휘부가 무슨 책상에만 앉아 있는 줄 알아? 따지고 보면 큼지막한 조사는 다 본청에서 내려온다. 너 본청 가면 엉덩이 붙이고 있을 시간도 없어. 전국 돌아다니면서 기획조사 전달해야 할걸."

"그게 아니라 전 진급에 욕심이……."

"진급에 욕심 없는 거하고 거부하는 건 다르다. 그리고 네가 무슨 로보트냐? 진급에 욕심도 없고, 돈에 욕심도 없고 만날 일만 해. 넌 인생의 목적이 뭐냐?"

그 한마디에 정신이 번쩍 들었다.

지금 나는 김성균이 아니라 이준철이라는 걸.

오 과장도 적이 당황했다.

국장님이 의견을 물어보라 시킨 건 진급 대상자라는 걸 미리 통보하란 뜻이지 정말 의사를 물어보라는 게 아니다. 심지어 그 대답이 No일지도 몰랐다.

"미리 걱정할 필요도 없다. 내일 당장 진급시키겠다는 것도 아니고 최저 연차 채웠으니 심사 한번 봐주겠다 하는 수준이야. 내년까지 아직 시간 많다. 그 안에 너 사고 치면 바로 없던 일이 될걸."

"……"

"솔직히 네가 그 안에 사고 안 친다는 보장도 없지. 너는 늘 아슬아슬하게 줄타기하는 놈이잖아."

아이러니하게도 그 말에 조금 위안이 됐다.

"죄송합니다, 과장님. 제가 너무 겸손 떨었습니다. 진급시켜 주시면 최선을 다해 본분에 충실하겠습니다."

"이미 늦었다. 3, 4분기 고과는 다 다른 팀장들한테 몰아줄 거야. 본인이 싫다면 남이야 좋지."

"……좋은데요. 과장님 밑에서 더 오래 일할 수도 있고."

"이놈이 말은!"

오 과장은 웃는 말투로 목소리를 높였다.

"아무튼 나가 봐. 이번 사건 고생 많았다."

"네. 과장님…… 3, 4분기 고과 잘 부탁드립니다."

"한번 생각해 보지."

웃으며 과장실을 나왔지만 곧이어 표정이 어두워졌다.

내가 이번 생을 사는 이유가 뭘까…….

처음에 이 몸으로 눈을 떴을 땐 그리 생각했다. 속죄하라고. 하지만 속죄만 하라고 다시 태어나진 않았을 터.

불현듯 한명 그룹 생각이 머릿속에 스쳤다.

막연했다. 아직 부회장과 닿는 연도 없는데, 내가 무얼 해야 할까? 어쩌면 너무 막연한 얘기라 일로 도망쳤을지도 모른다.

'내년이면 아직 시간은 있겠지……?'

밀린 숙제를 좀 급하게 해야 할 것 같다.

ATT의 과징금이 완납되며 공정위에도 한산한 가을이 찾아왔다.

액땜을 크게 한 것인지 모처럼 큰 사건이 없었다.

종합국 본연의 역할대로 민원 업무에 주력했으며, 가끔은 퇴근 후 반원들과 맥주를 기울였다. 평범하지만 없어서는 안 될 재충전의 시간이었다.

하지만 모두가 이런 좋은 시절을 보냈던 것은 아니다.

"윤 팀장! 이거 국감에 제출할 자룐데 누락시키면 어떡해? 이런 거 하나 꼬투리 잡히면 바로 단두대 되는 거 몰라?"

코앞으로 다가온 국정감사에 여의도가 들썩이기 시작한 것이다.

사실 공정위에게 9월은 유격과 혹한기를 합쳐 놓은 죽음의 계절이었다. 청문회 스타 지망생들이 가장 벼르고 있는 오디션이었기 때문이다.

이름도 모를 의원실에서 자료 요청이 쏟아졌고, 이 때문에 지휘부 사무실은 새벽까지 꺼지지 않았다.

"한 의원님…… 정말이십니까? 이걸 저한테 맡기시겠다고요?"

그리고 그중엔 드디어 실력 발휘할 기회를 얻은 지망생이 있었다.

"왜? 자네한텐 좀 부담스럽나."

"아, 아닙니다! 맡겨 주시면 제가 잘해 낼 자신 있습니다."

"싱겁기는. 충분히 잘할 수 있는 사람이 왜 엄살을 떨고 그래."

"……저한테 이렇게 큰 기회를 주신다는 게 믿기지 않아서요."

"그만큼 당 지도부가 자네를 좋게 보고 있단 뜻이야. 금리 인하권 때 자네가 보여 준 박력, 이번에도 유감없이 발휘해 보라고."

얼떨결에 스타덤에 오른 박성택은 심정이 복잡했다.

지난 금리인하권 사건은 공정위가 준비한 푸짐한 밥상이었지, 유달리 뭘 한 게 없었기 때문이다.

하지만 이렇게 큰 기회를 준 선배 의원에게 약한 모습을 보일 순 없는 법.

"맡겨 주셔서 감사합니다. 최소한 국방부장관 모가지는 따 오겠습니다."

"흐허허. 그래, 이래야 박성택이지."

사실 중진 의원이 건넨 자료에 박성택 눈은 이미 돌아가 버렸다.

[군부대 납품 비리]

제목만 봐도 군침이 꿀떡꿀떡 넘어간다. 행정부 산하기관 중 국방부만큼 먼지 잘 나오는 곳이 또 있을까.

"내용은 숙지했나?"

"네. 군부대 급식 품목 19개 가격이 수상하다 들었습니다."

이번에만 하더라도 그랬다.

식재료를 납품하는 업체들이 시중가보다 더 올려 군부대에 납품했던 것이다.

인상한 만큼 품질이라도 좋았으면 말을 안 한다. 하지만 군납 업체가 납품하는 식자재는 하자투성이었고, 일선 부대에선 식중독까지 보고되었다.

"근데 한 의원님. 식중독까지 보고될 정도면 진작 진상 조사를 해야 했던 거 아닙니까."

"좋은 자세야. 국감에서 그거 반드시 지적하게. 방위청이 사고를 덮는 데만 급급했다고."

"그게 아니라 순순히 궁금해 여쭤본 겁니다. 이거 비리가 꽤 오랫동안 이뤄졌는데요……."

이해할 수 없었다.

서류 한 번 슬쩍 들여다봐도 구린내가 폴폴 난다. 외부인도 쉽게 파악할 수 있는 군납 비리를 방위사업청은 왜 몰랐을까?

"방사청 내 연루자가 있다는 거지. 이런 일은 원래 고위직들의 묵인 없이는 이뤄질 수 없거든."

"꽤 큰 놈인가 보군요…… 식중독까지 보고됐는데 진상 조사 안 할 정도면."

"그래. 그 식중독 사건도 처음엔 취사병한테 뒤집어씌웠다더군. 그 친구들한테 증인 출석해 달라 하면 만사 제쳐 놓고 와 줄 걸세."

불쌍한 취사병들이다. 썩은 재료 가지고 요리를 하는데 탈이 안 날 수가 있나.

그들의 증언에 따르면 이미 부식품 자체가 하자투성이었고, 납품 상태는 늘 불량이었다고 한다.

하지만 원래 군대는 병사들에게 엄격한 곳.

사건이 커질 것을 우려한 사단장이 취사병들에게 휴가 제한을 내리며 사건을 정리해 버렸다.

"박 의원. 솔직히 국방부장관 모가지는 몰라도 최소한 그 사단장들 옷은 벗겨야 돼. 무슨 말인지 알지?"

적장의 목을 못 베겠으면 졸개들 목이라도 가져오란 뜻이다.

"한 의원님 저에 대한 기대가 너무 없으신데요. 하하. 국방부장관까진 무리일지라도 최소한 방사청장 옷은 벗길 겁니다."

박성택 의원은 득의양양 웃음을 보였다.

솔직히 이 건은 국방부가 아니라 집권 여당 전체를 위태롭게 할 수도 있는 건수다. 군납품 규모가 총 5천억대 아닌가. 만약 국방부 고위직들의 이름까지 거론되면 제2의 방산 비리 사태로 기록될 것이다.

그 주인공이 될 수 있다는 건 상상만으로도 짜릿한 일이다.

"근데 한 의원님. 그 방위청 관계자는 누구입니까? 연루자요."

"사실 그 부분이 우리 지도부의 고민이네. 하루 이틀 돈 받아 처먹은 솜씨가 아니야. 몇몇 의심되는 놈들이 있는데, 단서가 안 잡혀."

"예? 그럼 아직 실체는 파악 안 된 겁니까?"

"실체까지 파악됐으면 이걸 국감에서 터트렸겠나. 자료 입수해서 바로 특검을 요구했겠지."

"……그럼 단순히 의심만 있는 겁니까."

공정거래
위원회

"대신 그 의심이 확실하잖아. 서류만 봐도 얼마나 해 처먹었는지 보일 정도로."

박성택의 행복 회로가 갑자기 뚝 끊겨 버렸다.

아니…… 연루자가 누군지도 모르는데 이걸 국감에서 터트리라고?

"표정이 왜 그런가?"

"……외람되지만 실체는 좀 알아야지 않습니까?"

"실체는 그 서류에 나와 있어. 그득하게 해 처먹었잖아."

"그래도 연루자 의혹을 제기하려면, 최소한 누가 의심되는지는 알아야죠."

"한두 번 해 처먹은 솜씨가 아니야. 의심 가는 놈은 있는데 결정적인 증거는 안 나오네."

박성택은 그제야 왜 이런 무대가 자신에게 주어졌는지 알 수 있었다.

서류만 보면 그럴듯해 보이는데 결정적 한 방이 없다. 이를테면 군납 업체 몇 곳이 방사청 고위직들의 일가친척 회사라거나, 수상한 자금 흐름이 있었다거나 하는 증거들.

"의원님 그 결정적 한 방 없이는 국감에서 놈들 못 쓰러트립니다."

국감은 유죄인지 무죄인지 다투는 법정이 아니다.

증거 다 찾아서 이미 확실해진 범죄를 국민 앞에서 망신 주는 자리다.

"만약 그쪽에서 그럴듯한 변명을 대면 저만 낙동강 오리알 됩니다."

"지금 못 하겠다는 건가?"

"그게 아니라 좀 더 확실한 증거를……."

쾅–!

"하여간 비례대표 출신들은 이게 문제야. 금배지를 쉽게 다니까 배려받는 게 당연한 줄 안다고."

"서, 선배님."

"박 의원. 손이 없어 발이 없어? 당 지도부에서 이 정도 해 줬으면 직접 알아보고 발로 뛰어다닐 생각을 해야지! 이건 이래서 어렵다. 저건 저래서 어렵다. 그럼 지도부가 모든 증거 다 찾아서 자네 원맨쇼 할 수 있게 도와줘야 돼?"

그런 말은 아닌데…….

"못 하겠음 하지 마. 다른 놈들은 이런 기회 못 얻어서 안달이야. 어디서 배부른 소리 하고 있어."

한 의원이 팽하고 자리를 뜨자 박성택이 허겁지겁 자료를 집었다.

"아닙니다. 하겠습니다!"

"됐어!"

"어휴– 한 의원님 제 박력 아시잖아요. 제가 사실 무대 경험이 없어 자신감을 못 보여 드렸습니다. 근데 저 이거 누구보다 잘합니다."

"본래 신뢰라는 게 쌓기는 어려워도 무너지는 건 한순간이지. 이미 자네에 대한 신뢰가 싹 사라졌네."

"한 의원님! 국방부장관 모가지 꼭 따오겠습니다! 한 번만 더 기회를 주십쇼!"

우렁찬 목소리 때문이었을까. 아니면 메시지가 마음에 들었을까.

중진 의원이 잠시 주춤거렸다.

"죄송합니다. 그래도 제가 일머리 하나는 확실하지 않습니까. 국감에서 여당의 치부를 다 드러내면 내년 재보궐 선거는 따 놓은 당상입니다."

"사람하고는 쯧쯧."

"죄송합니다. 제가 엄살을 너무 부렸습니다."

한 의원의 얼굴은 한결 누그러졌다.

"기왕 선거 얘기가 나와서 하는 말인데. 자네가 이번 국감만 성공적으로 마무리하면 다음 공천에서 꽃가마 탈 거야."

"예?"

"언제까지 비례대표 꼬리표 달고 살 거야. 다음엔 지역구로 출마해야지. 성공만 해 봐. 우리 당 깃발만 꽂아 놔도 당선되는 지역구로 공천을 줄 걸세."

"……거기까지 얘기가 된 겁니까?"

"그래, 이게 당 지도부의 결정이야. 물론 전제가 있지. 성공적인 국감."

박성택 귀에 뒷말은 들리지도 않았다.

깃발만 꽂아 놔도 당선되는 지역구…… 얼마나 바라 오던 꿈인가. 비례대표 출신이라는 끈질긴 꼬리표를 지울 수 있으며, 재선도 보장받을 수 있다.

그뿐이겠는가.

이번 국감에서 여당을 흔들어 놓으면 여당 저격수로 확실히 자리매김할 것이다. 더 이상 인지도 걱정은 하지 않아도 된다.

"최선을 다하겠습니다. 선배님."

"기대해 보겠네."

박성택은 허리를 폴더폰처럼 숙이며 한 의원을 배웅했다. 머릿속엔 이미 재선, 삼선 청와대 입성까지 하는 미래가 그려졌다.

하지만 다시 혼자 남게 되었을 땐 긴 고민에 잠겼다.

'일을 할 거면 제대로 하든가. 왜 연루자를 파악 못 했지?'

다른 놈들한테 뺏길까 봐 허겁지겁 잡았다만 이게 맞는 걸까?

솔직히 의문이 든다. 당 지도부도 모든 정보통을 다 동원해 이 사건을 캤을 텐데, 왜 결정적 증거가 나오지 않았을까.

법조인 경력으로 봤을 때 비리가 없는 사건은 아니었다. 눈에 보이는 돈만 해도 최소 수백억은 챙겼을 비리다. 그래서 더 이해가 안 간다. 당 지도부의 정보통은 국정원 못지않을 텐데 왜 연루자를 찾지 못했을까. 혹시…… 연루자가 정말 없었던 건 아닐까?

–우린 많은 걸 바라는 게 아니야. 자네가 금리인하권 사태 때 보여 준 박력, 이번에도 유감없이 발휘해 보게.

하지만 쓸데없는 고민은 오래가지 않았다.
국감이 뭐 별거 있겠나. 기세가 반이요, 목소리 큰 놈이 이기는 아사리 판이다. 국민들이 원하는 건 권력자들에게 호통쳐 대는 모습이지, 시시콜콜한 세부 내용이 아니다. 유권자들에게 좋은 인상만 남기면 되는 자리다.
박성택은 찝찝한 걱정을 떨쳐 내며 소파에 누웠다.

❧

국정감사가 본격적으로 막을 올리며 여의도는 또다시 들썩거렸다.
"청와대의 파렴치한 만행에 국민 모두가 분노하고 있습니다. 공공 기관 낙하산 인사 언제까지 할 겁니까!"
해마다 끊이질 않는 권력형 비리가 이번에도 터졌고, 정부 관계자들은 야당 의원들 앞에서 추풍낙엽처럼 쓰러져 갔다.
운 좋게 국감 마이크를 잡을 수 있었던 초선들은 비로소 존재감을 드러낼 수 있었고, 기회를 받지 못한 의원들은 따로 기자들을 불러 폭로를 이어 나갔다.

모두가 다 자신의 존재감을 드러내기에 바쁜 계절이었다.

'주인공은 나다.'

하지만 모두 사소한 정부 기관의 얘기.

국방부 국감 당일이 왔을 때, 박성택은 목에 힘이 잔뜩 들어갔다. 자신이 맡은 사건은 겨우 공공 기관 낙하산 인사 같은 시시콜콜한 문제가 아니었으니.

"다음은 국방부 국정감사가 있겠습니다. 의원님들께선 모두 착석해 주십쇼."

이윽고 쇼타임이 시작되었을 때.

박성택은 얼굴에 살짝 미소를 지으며 준비한 말을 꺼냈다.

"국방부엔 간첩이 많은 것 같습니다."

시작부터 폭탄발언이 이어지자 기자들의 고개가 획획 돌아갔다.

"북한한테 꼭 군사기밀을 넘겨야 간첩인가요? 우리 장병들이 입을 옷, 덮을 이불, 먹을 음식! 이런 거 도둑질하는 놈이야말로 간첩이고, 매국노입니다. 6.25 때 국민방위군 사건으로 얼마나 많은 국군이 희생됐습니까. 한데 그게 21세기에도 벌어지고 있었다니 통탄을 금할 수 없습니다. 이건 저희 민국당이 입수한 군납 업체와 각 품목입니다. 보시는 바와 같이 시중에 유통되는 가격 이상이네요. 적게는 5%부터 많게는

공정거래
위원회

10%까지 더 비싼 가격으로 군부대가 납품을 받았습니다. 그렇다고 식재품의 품질이 좋았느냐? 조사에 따르면 식재품은 불량투성이었고, 일선 부대에선 식중독 증세까지 보고되었습니다. 우리 장병들한테 썩은 식재료를, 바가지까지 씌워서 판 자는 대체 누구입니까. 이를 대하는 국방부의 태도는 더욱 한심합니다. 진상 파악하고, 불량 업체에 철퇴를 가하지 못할망정 사단장들은 사건을 덮기에 급급했습니다. 방위사업청! 대체 입찰 사업을 어떻게 하고 있는 겁니까. 이 모두 방사청 고위직들의 묵인 없이는 이뤄질 수 없는 전대미문의 비리 사건입니다."

그의 속사포 같은 말이 끝나자 국방부장관이 대답했다.

"존경하는 의원님."

"존경하지 마세요!"

"……지적하신 부분은 앞으로 개선해 나가겠으나, 사실을 호도하진 말아 주십쇼."

"호도?"

"방사청과 군납 업체의 청탁 관계를 의심하고 계신 거 아닙니까."

"아니라면 이런 비리가 가능하겠소?"

"그러면 그에 대한 증거도 있는 겁니까?"

기세등등하던 박성택의 말문이 막혔다.

"……증거야 여기 있지 않소. 납품은 불량투성이었고, 군납품은 시중가보다 비쌌어요."

"하지만 그 모두 정당한 입찰을 통해 선정된 업체들입니다."

"입찰?"

"방사청은 이런 논란을 피하고자 매년 군부대 식재품을 공개 입찰하고 있습니다. 선정 위원회는 대부분 민간 전문가로 방사청과 관계없는 외부인입니다."

"……."

"물론 저희는 그 외부인이 납품 업체와 관련 있는지까지 조사하여 선정을 맡깁니다. 이건 낙찰 업체 선정 회의록입니다."

국방부장관이 증거 자료까지 제출하자 얼굴이 일그러졌다.

정당했다…… 청탁을 의심할 수 없을 만큼.

"지금 그 얘기가 아니라……."

"물론 부족한 부분이 많습니다. 하지만 무리한 억측은 자제해 주십쇼. 의원님의 말 한마디로 군 전체 사기가 저하될 수 있습니다."

"사기 저하? 국방부장관님. 나는 지금 국민은 대표해 이 자리에 섰습니다. 함부로 막말하지 말아요!"

"막말은 의원님께서 먼저 하지 않으셨습니까. 국방부에 간첩이 많다고."

"그거야……."

"비유라 해도 너무 지나치셨습니다. 그것도 뚜렷한 증거도 없이."

"……."

"저희는 최소한 군납 업체 선정은 일말의 논란 없이 진행하고 있습니다. 이 점은 유의해 주십쇼."

괘씸한 놈에게 다시 쏘아붙이려던 찰나.

함께 자리에 앉은 중진 의원이 박성택의 허벅지를 눌렀다. 고개를 돌리니 중진 의원이 슬쩍 자신에게 귓속말을 했다.

"이제부턴 입 다물고 있어! 계속 자살골 넣을 거야?"

비단 그뿐이 아니었다. 함께 출석한 동료 의원들이 한심한 얼굴로 자신을 바라보고 있었다.

우려가 현실이 되었다.

박성택은 그날 국감에서 무참히 깨졌다.

𝕔

"으아악!"

그로부터 일주일이 지났지만 국감의 여운은 쉬이 가시지 않았다.

의원실에선 매일 비명과 절규가 들렸고, 때로는 책상 부서지는 소리도 함께 들렸다.

"어떻게 얻은 기횐데!"

박성택은 손에 잡히는 모든 걸 부수고 던졌다.

[위기를 기회로] 박성택의 선거 표어는 반으로 찢겨 [기회로 위기를]이 되었다.

지난 국감은 부정할 수 없는 완벽한 패배였다. 언론사에선 가장 실패한 국감으로 국방부를 꼽았으며, 사람들은 이것이 야말로 비례대표의 폐해라고 손가락질해 댔다.

본래 욕먹는 게 일인 직업이라 이 정도 굴욕은 견딜 수 있었지만, 동료 의원들의 싸늘한 시선은 아직도 눈에 생생하다.

무슨 벌레 새끼 보듯 보지 않았나.

국감은 야당에 유리한 페널티킥과 같다. 못 넣는 놈이 바보다.

그걸 막은 국방부장관의 입지는 상승했으며 여당 지지자들 사이에선 소신장관, 사이다 국부가 되어 있었다.

그 사람을 띄워 준 게 곧 박성택이었으니…… 다음 선거에서 꽃가마 타기는커녕 앞으로 여의도에 발을 붙일 수 있을지도 미지수다.

"의원님 고정하세요."

"내가 지금 고정하게 생겼어요? 온 국민 앞에서 개망신을 당했는데."

"원래 국감은 어려운 자립니다. 의원님껜 첫 무대 아니었습니까."

공정거래
위원회

"그걸 마지막 무대로 만들고 왔습니다…… 마지막으로……."

머리를 쥐어뜯는 그를 보며 보좌관이 슬며시 말했다.

"애초부터 안 될 싸움이었습니다. 솔직히 이건 당의 문제예요. 비리가 의심되면 실체를 확인해서 줘야지, 이대로 출전시키는 게 어디 있어요."

"……무슨 말입니까?"

"제가 보기엔 짬을 당하신 거 같습니다. 아닌 말로 이게 그렇게 좋은 소스였으면 왜 초선한테 넘겼겠어요? 계륵이었던 거죠. 덮자니 아쉽고, 하자니 안 나오는 사건."

박성택은 헝클어진 머리를 들었다.

"나 사실 쪽팔려서 암말 못 하고 있었는데, 나만 그렇게 생각한 게 아니네. 보좌관님 생각도 그렇죠? 이거 뭔가 좀 이상한 거 맞죠."

"네. 솔직히 국감은 이미 증거 다 잡고 쐐기 박으러 가는 자립니다. 연루자도 파악 못 하고 내보내는 건 아주 무책임한 처사였습니다."

박성택도 마냥 손 놓고 있었던 게 아니다.

보좌관과 그는 국방부, 방사청 자료 모두를 검토해 놈들의 수상한 점을 찾았다. 그 과정에서 군납 업체의 납품가가 이상하리만치 높다는 건 확신할 수 있었다.

하지만 단 하나의 퍼즐, 연루자만 파악하지 못했다.

"그럼 이걸 왜 나한테 맡긴 겁니까."

"그냥 희생당하신 거예요. 어쩌면 미운털 박힌 걸 수도 있고."

"내가 미운털이 박혀요?"

"의원님께서 금리인하권 때 너무 존재감을 드러냈잖아요. 단박에 인지도가 상승했으니 배 아픈 놈들 많이 생겼겠죠."

"설마 그걸 질투했다는 겁니까?"

"질투일 수도 있고, 실험일 수도 있습니다. 어쩌면 이 정도 넘겨주고 어떻게 하는지 지켜보는 거였을 수도 있고."

박성택은 격분했다.

"실험은 아니에요. 한 선배가 계속 나한테 박력을 보여 달라 어쩌라 하면서 부추겼으니까."

"그럼…… 질투가 맞겠네요."

"아니 당 지도부가 뭐 할 일 없어서 나를 견제해."

"그게 아니라…… 한유식 의원 혼자서 박 의원님을 견제한 것 같은데요."

"뭐라고요? 한 의원이?"

"두 분이 서로 동향 사람 아닙니까. 자기 지역구에서 쟁쟁한 경쟁자가 나올 것 같으니 미리 쳐 낸 것 같습니다."

박성택이 무릎을 탁 쳤다.

그러지 않아도 수상하던 차였다. 무슨 유리한 지역구로 공천을 주네 마네 헛소리를 늘어놓지 않았나. 생각해 보면 그 또한 자신의 지역구로 오지 말란 뜻이다.

그것도 모르고 선배님, 선배님 거리며 얼마나 졸졸 따라다녔나.

"그러니 그만 잊으세요. 다음 일을 도모하면 되는 겁니다."

보좌관이 그리 말하며 서류를 걷어 가려 하자, 박성택이 책상을 탁 쳤다.

"그럼 난 끝장을 봐야겠습니다."

"예?"

"얼마나 무서운 후배 두셨는지 실감해 봐야지. 이 새끼 속으로 얼마나 우스웠을까. 지가 뭐 공천위원장이라도 된 마냥 지껄이더만."

"……의원님 이럴 때일수록 냉정하게 생각해야 합니다. 실패한 사건을 어떻게 계속해요."

"막말로 이거 실패한 사건은 아닙니다. 국방부도 납품가가 비정상적으로 높았단 건 인정했잖아요. 방사청 관계자의 연루 의혹만 해명했지."

보좌관의 목소리가 다급해졌다.

"그거나 저거나 똑같은 소리예요."

"아니요. 이건 다른 유형의 비리일 수도 있습니다. 이를테면 군납 업체의 입찰 담합 같은."

"예?"

"아무래도 내 예상보다 국방부가 훨씬 더 무능한 모양입니다. 국방부는 지들이 바가지 썼다는 사실도 모르는 모양이에요."

보좌관이 박성택의 소매를 덥석 잡았다.

"의원님 냉정하게 생각하셔야 돼요. 식재료 납품 업체가 총 22곳입니다. 만약 입찰 담합이었으면 최소 100개 이상 되는 업체가 연루됐다는 건데, 이걸 어떻게 하시려고요."

"100개가 아니라 500개여도 밝혀낼 건 밝혀내야죠."

"……그러지 말고 그냥 다른 기회 엿보시죠. 어차피 정권 스캔들은 끊임없이 나옵니다. 더 큰 사건으로 이번 실수 만회하면 돼요."

박성택은 고개를 저었다.

"보좌관님. 나 박성택, 겨우 복수심 때문에 이 짓거리 하는 거 아니에요. 나도 법조인 출신 아닙니까. 입찰 서류만 봐도 무슨 비리인지 다 보입니다."

"……그런다고 해서 뭐가 달라집니까. 어차피 방사청 관계자의 비리는 아닌데."

"무능도 비리예요. 난 이놈들의 무능이라도 드러내야겠습니다."

보좌관은 아연실색했다.

박성택은 반드시 꼭 하고 싶은 일이 있으면 법조인 이력을 들먹였다. 이젠 말리지 못한다는 걸 잘 안다.

"현실적으로 어떻게 하시게요."

"이거 한번 검찰에 가져다줄까 싶은데. 아는 후배도 많고."

공정거래
위원회

"……무리입니다. 이건 누가 봐도 공익 신고가 아니라 국회 정쟁이에요. 더군다나 국감에서 깨진 전력도 있는데, 아무도 안 맡아 줄 겁니다."

당신 후배들도 뉴스는 봤겠지.

보좌관은 이 말을 최대한 간접적으로 표현했다.

"그럼 아는 사람한테 부탁해야겠군요."

"의원님 법원 인맥 말곤 없으시잖아요."

"딱 하나 더 있습니다. 비슷한 사람."

"비슷한…… 사람요?"

"제가 한번 은혜도 베풀었으니…… 뭐 거절 못 할 겁니다."

박성택은 자신만만했지만 한편으론 낯이 부끄러웠다.

사실 금리인하권 사태의 최대 수혜자는 자신이었다. 은혜를 갚는다면 자신이 갚아야 했다. 하지만 분명 그놈이 그리 말하지 않았나. 도와주셔서 감사하다고…….

국회의원은 이럴 때일수록 뻔뻔해야 하는 법이다.

놈의 도움이 없으면 이대로 정말 정치 인생 끝이다.

❧

"아이고- 이 팀장님. 그간 잘 계셨습니까."

"예……."

"공무로 바쁘신 와중에 시간 내주셔서 감사합니다. 최근엔 또 국내 조선 업계들이 특허 갑질당한 사건을 조사하셨다고."

"……그건 어떻게 아셨습니까."

"이 팀장님은 뉴스만 틀면 나오는 슈퍼스타잖아요. 마침 저도 주의 깊게 보고 있던 차였습니다. 마무리 한번 시원하더군요. 이런 사람이야말로 진정한 애국잔데. 허허."

오랜만에 만난 박성택은 기름진 칭찬을 퍼부어 댔다.

"그리 말씀해 주시니 감사합니다."

준철도 예의상 웃음으로 화답했지만, 속에선 도망치고 싶단 생각뿐이었다.

일주일 전, 이자가 어떤 망신을 당했는지 실시간으로 지켜보지 않았나. 사실 확인도 안 된 의혹을 제기하다 망신을 샀고, 동료 의원들에게도 외면당하는 모습이 생생하게 전파를 탔다.

국방부 국감은 그의 정치 인생 장례식이었다.

"먼저 미안합니다. 내가 지금 궁둥이를 오래 붙이고 있을 처지가 아니네요. 혹시 제 사정 아십니까."

"네. 뉴스…… 봤습니다."

"그럼 두 번 설명할 필요는 없겠군. 네, 맞습니다. 나 국방부 카르텔에 아주 호되게 혼나고 왔어요. 정의는 역시 가시밭길이더군요."

아부야 그러려니 해도 셀프 칭찬은 들어 주기 참 민망했다.

공정거래
위원회

"왜 그러셨습니까…… 국감은 사실 확인이 다 끝낸 문제만 제기해도 쉽지 않은 자린데."

"아무래도 내가 당에서 미운털이 잔뜩 박힌 모양입니다. 그때 그 일 때문에."

"그 일…… 때문요?"

"이런. 내가 또 망언을 했구먼. 때문이 아니라 덕분이지. 내가 금리인하권 사건 한번 크게 터트리니 선배 의원들한테 시기 질투를 산 모양입니다."

말본새가 이상하다.

그 사건으로 무명 정치인에서 일약 스타덤에 올랐는데 왜 '때문'이라는 건지…… 그리고 왜 또 '덕분'이라고 정정하는 건지.

"이 팀장님. 난 아직 그때 하셨던 말 잊지 않고 있습니다. 그때 분명 저에게 신세 졌다, 고맙다 하셨죠."

"그건 그겁니다만 왜 갑자기……."

"우리 국방부 카르텔 한번 박살 내 봅시다. 이번엔 내가 이 팀장님이 필요해요."

왜 불행한 직감은 늘 틀리는 법이 없을까.

박성택 눈에 흰자가 희번덕거리자 준철이 쩔쩔매며 말했다.

"제가 어떻게 도움을 드립니까…… 국방부와 저는 아무런 관계도 없는데."

"이거 입찰 담합 같습니다."

"예?"

"내가 국방부를 너무 과대평가했어요. 난 군납 업체가 가격 부풀려서 납품하고 그 이익금을 뒤로 찔러 준 줄 알았는데 웬걸. 방사청은 지들이 바가지 썼다는 것도 모릅디다."

박성택은 국감에서 망신을 당하고 난 뒤, 한참 동안 이 문제에 골몰했다.

왜 방사청과 군납 업체의 연결 고리가 파악 안 될까? 당 지도부가 모든 정보통을 다 동원했는데 왜 흔적이 안 나올까?

그 해답은 간단했다.

방사청이 생각보다 더 무능한 곳이었다. 군납 업체의 입찰 담합을 파악도 못 하고 있을 만큼.

"내가 무턱대고 헛소리 지껄이는 거 아닙니다. 이 자료를 한번 보세요. 군수품은 다 대량으로 구입하는데, 시중가보다 비싸게 납품했다는 게 말이 됩니까?"

"……."

"이건 명백한 비리입니다. 군납 업체의 이기심과 방사청의 무능이 만난 결과죠. 여태껏 우리 국군 장병들의 식탁이 능욕당해 온 겁니다."

이 감동적인 연설을 왜 카메라 앞에선 못 하고 여기서 떠들어 댈까. 정말로 방사청의 무능은 예상 밖의 일이어서?

마음 같아선 당장 자리를 박차고 일어나고 싶었다. 누가 봐도 복수해 달란 부탁인데, 기름진 말로 포장만 잘한다.

"……."

하지만 그럴 수가 없었다.

그의 말대로 자료에선 썩은 내가 진동했다. 납득 안 되는 정황도 너무나 많았다. 방사청이 그간 보여 준 무능을 감안하면 입찰 담합을 파악 못 한 정황도 결코 과한 추측이 아니었다.

준철이 주춤하는 기색을 보이자 박성택이 손을 덥석 잡았다.

"이 팀장님. 나 박성택, 태어나서 은혜를 단 한 번도 잊어본 적 없는 남자예요. 이번엔 나 한 번만 도와줘 봐요. 아니, 뭐 누구 도와주고 하고 말 것도 없이 오직 공익 하나만 생각합시다."

질 끝판왕 사망

한명그룹
김성균 본부장

짬밥 스캔들

"박성택이?"

"네. 과장님도 잘 아실 겁니다. 저희 금리인하권 사태 때 굉장히 많은 역할을 해 준…….."

"역할은 얼어 죽을. 그놈이나 우리나 얻어 가는 게 있으니 합작한 거지. 까먹은 지 오래다. 아, 하나는 기억나네. 국감에서 간첩잡았다고 허풍 떨다가 탈탈 깨진 거."

"……"

"최소 한 달은 고개도 못 들고 다닐 줄 알았는데, 이걸 고스란히 우리한테 가져왔어?"

오 과장은 서류도 들춰 보지 않았다.

"이건 국장님께 보고하고 말 것도 없다. 안 돼."

"과장님. 편견 없이 서류만 봐 주십쇼. 분명 문제가 있어 보입니다."

"그럼 편견이 안 생기게끔 행동하든가. 국감에서 탈탈 털리고 이걸 이제 와 조사해 달라? 너 같으면 이게 편견이 안 생기겠냐."

하라고 등 떠밀어도 도망가야 될 사건이다.

정치적 논란이 다분한 사건을 왜 하겠다는 건지.

"그건 사연이 있었답니다."

"무슨 사연?"

"군납 업체가 가격을 올려서 납품했으니 당연히 청탁을 의심했다고…… 근데 방사청은 입찰 담합을 의심 못 할 만큼 무능했더랍니다."

오 과장은 인상을 찌푸렸다.

"그렇게 자신 있으면 검찰에 가져가라 그래. 잘난 검찰 후배들 내비 두고 왜 우리한테 와?"

"입찰 담합이잖아요. 저희가 전속 고발권 안 쓰면 검찰도 수사 못 합니다."

"야, 이게 지금 업무 영역 칼같이 지켜야 될 사건이냐? 딱 봐도 거기 가져다주면 안 될 거 같으니 우리한테 온 거 아니야."

준철도 할 말이 없었다.

이 말이 정확히 맞는 표현이다.

"불순한 목적이 훤히 다 들여다보인다. 딱 봐도 금리인하

공정거래
위원회

권 때 한 번 도와줬다고 생색낸 모양인데 휘말리지 마, 너 이거 맡으면 정쟁에 휘말리는 거다. 아니, 공정위 전체가 다 휘말릴 수 있어."

구구절절 맞는 말이었지만 물러설 수 없었다.

"저 그거 때문에 맡겠다는 거 아닙니다. 진짜 자료 이상합니다."

"뭐?"

"한 번만 검토해 주십쇼. 군납 업체 납품 가격이 시중가보다 높습니다. 지금까지 왜 안 들켰나 모를 정도로."

오 과장은 준철을 한심하게 바라봤다.

문득 후회가 들었다. 지금까지 보여 준 업무 성과가 아니었다면, 과장으로 진급하라고 채근하지 않았다면 엉덩이를 걷어차 돌려보냈을 텐데.

"네가 생각보다 잔정에 약하구나."

하지만 이놈은 그럴 수 없지 않은가.

오 과장은 푸념하며 서류를 들었다.

그리고 별로 마주치고 싶지 않은 현실을 마주해야 했다.

"……."

이상했다. 납품 가격은 물론 불량률도 비정상적이다. 만약 이게 학교나 회사 급식에 납품되던 식품이라면 당장 거래가 끊겨도 이상하지 않을 정도였다.

의심되는 식료품은 미트볼, 돈가스, 참치 등 사소한 식품들이었는데, 그 사소한 모든 것들이 다 구린내를 풀풀 풍겼다.

"……."

오 과장은 부지불식간 박성택이 이해돼 버렸다.

단순히 서류만 놓고 보면 정말 썩은내투성이.

방사청과의 청탁 관계도 충분히 의심해 볼 만하다. 만약 국감 같은 큰 무대에서 깨지지 않았다면 별말 없이 조사를 허락해 줬을 정도다.

"……업체가 총 몇 개야?"

"22곳입니다."

"그럼 뒤에 있는 곳은 더 많겠네."

"예. 총 한 100개 사가 담합했을 겁니다."

오 과장은 이렇게 호기심을 보이는 자신이 싫었다.

단칼에 거절해야 하는데 자꾸만 의심이 쏠린다.

"가격 담합은 확실해?"

"일단 가격을 보십쇼. 시중가보다 더 비싸게 납품했습니다."

"겨우 그것만 가지고는 조사 허락 못 한다. 더 결정적인 건?"

"그건 방사청 입찰 자료를 봐야 합니다. 입찰 업체가 얼마를 제시했고, 어떤 기준으로 낙찰 업체를 선정한 건지."

"방사청은 절대 그 자료 안 내 줄 건데."

"그러니까 강제로 가져와야 합니다. 모든 수단과 방법을 동원해서."

공정거래
위원회

오 과장은 정신이 번쩍 들었다. 모든 수단과 방법. 이건 곧 영장과 압수수색도 불사하겠단 뜻이다. 달리 말해 사건이 커질 수도 있단 뜻이었고, 사실 커질 수밖에 없는 사건이기도 했다.

"최대한 조용히 움직이겠습니다."

"그게 되겠냐? 이거 맡는 순간 신문에 대문짝만 하게 나갈걸. 박성택이 보복하려고 조사 청탁했다고. 그럼 방사청과의 리베이트가 아니라 우리랑 박성택의 유착이 되는 거야."

오 과장은 결정적인 순간에 급브레이크를 밟았다.

정신 차려야 한다. 자칫하면 공정위와 야당의 청탁 사건이 될 수도 있다.

"아무리 생각해도 이건 너무 위험하다. 덮자."

"과, 과장님."

"정 하고 싶으면 한 1년만 기다려. 논란 좀 잠잠해지고 난 뒤에 해도 되잖아."

오 과장은 읍참마속의 심정으로 서류를 덮었다.

"이건 정말 안 돼…… 만약 했다가 소득 없이 끝나면 공정위에 피바람 분다."

⟲

"안 됐죠?"

"네……."

"거 보세요, 팀장님. 이건 정말 아니라니까요. 과장님도 어지간해서 팀장님 편 들어 주지 않습니까. 그런 과장님이 못 박아 버릴 정도면 위험한 사건이란 뜻입니다."

준철이 힘없이 사무실로 돌아오자 김 반장이 속으로 쾌재를 불렀다. 이놈의 팀장이 폭탄 스위치를 누르려 하지 않나. 말단인 자신이 봐도 위험한 사건이었다.

"그래도 이거 서류만 보면 분명 문제 있어 보이는데……."

"저희가 뭐 만날 서류만 보고 조사 들어갈 수 있습니까. 마음먹고 보면 대기업 자료 중에 안 이상한 서류가 얼마나 있겠어요."

"……그건 그렇네요."

"솔직히 정쟁을 떠나서 우리가 공공 기관한테 칼을 대는 것도 모양새 이상합니다."

사기업이라면 얼마든 물고 뜯어도 된다. 그러라고 있는 게 공권력이니까. 하지만 여기에 공기관이 얽혀 있으면 처세도 생각할 줄 알아야 한다.

준철은 이미 전과도 엄청났다. 특허 갑질 땐 중기부와 싸웠고, 산재 은폐 땐 노동부와도 싸웠다. 나중에 어떻게 만날지 모르는 공기관과 척을 지는 건 분명 부메랑으로 돌아올 것이다.

"알겠습니다…… 과장님께서 안 된다고 한 이상 저도 더는 욕심 안 낼게요."

"그럼 이 자료 다 폐기하겠습니다. 지금 당장."

"똥은 싼 놈이 치워야죠. 제가 직접 하겠습니다. 걱정 마세요, 진짜 안 할 테니까."

마음 같아선 서류가 파기되는 모습을 직접 보고 싶은 김 반장이었지만 그쯤은 양보했다.

직접 안 하겠다 말했으니 뒤통수칠 일은 없겠지.

"식사 먼저 하세요."

반원들을 보내고 난 뒤.

준철은 허망한 얼굴로 국방부 자료를 들었다. 서류의 양은 박성택의 간절함을 대변했다. 국방부와 방사청의 3년 치 군납 업체 자료가 있었는데, 그 양이 혼자 나르기에 버거울 정도였다.

'정쟁은 차치하고…… 이거 진짜 문제없나.'

박성택이 국감에서 자살골만 넣지 않았더라면…… 충분히 해 볼 만한 사건인데. 털어 내기엔 너무 버거운 똥이 묻어 버렸다.

'일선 부대에서 식중독까지 보고될 정도면…… 납품이 정말 개판이란 뜻인데.'

조류독감이 돌면 닭고기만 나오고, 구제역이 돌면 돼지고기만 나온다, 라는 군부대 도시전설이 이 자료엔 적나라하게 나와 있었다.

감자가 풍년이면 정말 온 식단이 감자국, 감자조림, 감자볶음. 배추가 풍년이면 듣기만 해도 손이 안 가는 배추국이 연달아 이틀 동안 나왔다.

군부대 식단 자료만 보면 군부대 밥을 왜 짬밥으로 부르는지 절로 이해가 될 정도다.

하지만 의심만으로 진행시키기엔 너무나 리스크가 큰 조사.

'젠장. 또 허튼 생각했네. 깔끔하게 덮자.'

그렇게 덮고 일어났을 때.

"으…… 악!"

한동안 잊고 있던 두통이 머리를 강타했다.

"진짜 이래도 될까…… 꼬리가 길면 밟힌댔어."

"아, 장 사장님은 왜 자꾸 걱정을 사서 해요. 지금까지 잘해 오셨으면서."

"내가 요즘 관계자들한테 들은 얘기가 있어서 그래. 군납품에 불량 너무 많다고 대대적인 칼질을 한댔어."

"그 얘긴 5년 전에도 나왔고 10년 전에도 나왔습니다. 근데우리 중 칼질당한 업체 있어요?"

두통을 뚫고 들려오는 목소리는 어느 사내들의 대화였다.

잠깐의 대화였지만 누군지 대번에 알 수 있었다.

"아니면 우리 군납 업체끼리 진짜 출혈 경쟁할 거예요? 이 중에 딱 한 놈만 살아남을 때까지?"

"그건 안 되지! 우리끼리 쌈 붙으면 서로 죽어."

"솔직히 우린 해 먹는 것도 아니야. 장 사장은 꼭 결정적인 순간에만 이러더라."

꼬리 없는 원숭이들 있는 사이에선 있는 원숭이가 왕따된 다 했던가.

그나마 양심적으로 보이는 장 사장은 한순간에 바보가 되었다.

"그러지 말고 이렇게 합시다. 더도 말고 덜도 말고 딱 5%. 이 정도만 올려 받아요."

"홍 사장…… 이 가격도 시중가보단 높잖아. 이번에 바뀐 방사청장은 원리원칙밖에 모르는 놈이래. 수장이 바뀌었는 데 당분간 조심하는 건 어때."

"그 소리도 5년, 10년 넘었습니다. 무슨 취임하는 놈들마다 다 자긴 원칙적인 사람이래."

"장 사장. 우리가 뭐 방사청 상대 하루 이틀 해 봐? 이것들 은 된장 대신 똥을 납품해도 분간 못 할 놈들이야."

담합을 모의한 게 이번 한 번이 아니었나 보다.

대화는 이미 많이 정리된 듯 보였고, 분위기는 거의 기울 어져 있었다.

그래도 장 사장이 대답을 머뭇거리자 옆 사람들이 답답하다는 듯 말을 이었다.

　"도대체 왜 그러시는 거예요. 잘하시다가."

　"……요즘 식제품 검수가 너무 까다로워. 장병들이 식단에 불만 많다고 사단장이 직접 취사 지원도 하고 난리도 아니었어."

　"그거 다 쇼라는 거 모릅니까. 아닌 말로 병사들 반찬 투정이 하루 이틀이야?"

　"맞아. 어차피 다 억지로 끌려온 애들이야. 한우스테이크를 먹여 줘도 다 고무 씹는 맛이라고."

　"그리고 요새 병사들 월급이 한두 푼이에요? 반찬 입맛에 안 맞으면 PX 가라 그래."

　장 사장의 얼굴이 점점 편안해졌다. 점점 이들의 말에 설득되고 있는 것이다.

　"누가 그럽디다. 직장인들 월급 실수령액은 40만 원이라고. 군인들은 국가에서 먹여 줘, 재워 줘, 입혀 줘 어디 돈 쓸데 있습니까?"

　"맞아, 맞아."

　"아무리 군대 편해졌다 해도 사단장들이 병사들 반찬 투정까지 들어주진 않아요. 장 사장님 우리 거국적으로 결단 한번 합시다."

　한참 고민에 잠기던 그는 어느새 얼굴이 밝아졌다.

본래 양심은 지킬 때 괴롭고 어길 때 즐거운 법이다.

"모르겠다. 그래…… 우리끼리 쌈 붙으면 다 죽지. 다른 사장님껜 미안해요. 그냥 우리 전체를 위해 신중했다 생각해 주세요."

"알다마다. 이 가격에 납품해도 우리 애국하는 겁니다. 흐흐. 그럼 이번 입찰도 우리끼리 좀 조직적으로 움직이는 거죠?

"……대신 약속이 있어. 아무리 담합해서 물량 나눠 가진다 해도 불량품은 줄이자. 원래 큰 사고는 다 이렇게 사소한 문제에서 시작해."

"자— 들었죠? 가격 올려 받는 만큼 우리도 품질로 보답합시다."

여기저기서 끄덕였지만 진짜로 그럴 생각이 있는 사람은 없었다.

군대 밥이 왜 짬밥이겠는가. 시중에 납품하면 소비자들에게 외면받을 상품, 이만한 짬 처리장도 없다.

"그럼 지난번처럼 육류는 우리 한동식품이 가져갑니다."

"수산물은 저희 생생자원이요."

"우유는 일단 우리 쪽에 줘. Fresh사와 물량 나눌 거야."

"라면은 우리가 납품합니다."

"음료수는 우리."

"참치 골뱅이는 우리가 가져갑니다."

그렇게 각자 원하는 대로 입찰이 결정되었다.

군인들의 밥상이 능욕당했다는 박성택의 표현이 결코 과장이 아니었다. 이 대화를 슬쩍 엿들었을 뿐인데 있던 밥맛이 싹 달아나 버렸다.

"차라리 박성택이가 똥볼 한번 시원하게 차 준 게 나아. 아닌 말로 이제 누가 이 사건 맡겠어?"

"맞아. 김 국방이 아주 작살을 냈던데 보는 내가 다 민망하더라. 이젠 결정적인 증거가 잡혀도 서로 안 하겠다 도망갈 거야."

담합사들이 다시 모인 자리에선 웃음이 만개했다.

지난 국감은 이들에게도 피 말리는 시간이었다. 시중가보다 높았던 납품가, 담합사들이 조직적으로 입찰에 참여한 정황. 수사기관이 마음만 먹으면 충분히 드러낼 수 있는 비리였고, 그에 대한 대응책도 없었다.

게다가 야당에서 잔뜩 벼르고 있다기에 긴장했건만……국감은 왜 이겼는지도 모를 만큼 너무 쉽게 끝나 버렸다.

"홍 사장. 이건 자네의 계획이 신의 한 수네. 방사청 관계자 구워삶지 않은 게 오히려 다행이었어."

"만약 거기에서 의혹 하나 잡혔으면 우리 실체 다 드러났을 거라고."

사실 그건 박성택의 잘못이 아니었다.

누군들 자료만 봤으면 청탁 관계를 의심했을 법하다.

**공정거래
위원회**

방사청이 예상을 뛰어넘을 만큼 무능한 집단이란 걸 몰랐던 거겠지.

"아무튼 우린 한시름 돌렸다. 이젠 좀 두 다리 뻗고 자도 되겠지?"

"아무렴. 국감에서 똥물이 잔뜩 묻었는데 누가 이거 맡겠어. 한잔들 하자고!"

모두가 술잔을 들며 자축할 때 잔을 들지 않는 이도 있었다.

"아, 장 사장은 또 왜 그래."

장 사장은 깊게 한숨을 내쉬며 혼자서 술잔을 비웠다.

"축포를 터트리기엔 너무 이른 거 아닌가. 이 사건 아직 안 끝났어. 박성택이가 지금 눈에 불을 켜고 수사기관 찾아다니고 있다고."

"흐허허. 낯짝도 두꺼운 놈. 만회해 보려고 발악을 하는구면."

"웃을 일 아니야. 이놈이 계속 불 지피고 다니면 나중에 어떻게 터질지 몰라."

탁ㅡ!

무리 중 리더로 보이는 홍 사장이 잔을 거칠게 내려놨다.

"장 사장님. 꼭 오늘 같은 날에 초치는 소리 해야 성이 풀립니까."

"홍 사장. 영선식품 정보통 많으니 잘 알 거 아니야. 박성택이 아직 들쑤시고 다닌다는 거."

"뭐를요? 검찰 후배들한테 부탁하자니 안 될 거 같아서 공정위한테 조사 부탁한 거요?"

"그거 무시하면 안 돼! 그놈 무명 정치인 생활하다 금리인하권 사태로 단박에 인지도 올렸어. 그거 어디랑 합작한 작품인지 몰라?"

"그거랑 이거랑 어떻게 같습니까. 알아보니 그 사건은 공정위가 밥상 다 차린 거 박성택이 이름만 빌렸더구만. 그리고 이 사건이랑 그 사건이랑 같습니까. 지난 국감은 박성택이 단두대였어요. 어떤 바보가 이 단두대에 함께 올라요."

홍 사장은 일말의 동요도 하지 않았다.

공정위는 행정 부처. 촌수 따지면 여당에 가깝지 야당에 가깝지 않다. 게다가 이 사건은 이미 국민들에게 실패한 사건으로 인식되고 있지 않나.

"만에 하나의 상황 때문에 공정위가 이 사건 맡았다 칩시다. 그럼 여당에서 가만있겠습니까?"

"……."

"굳이 노력하지 않아도 이 사건은 이제 정쟁이 될 사건이에요. 어떤 바보가 이 모든 걸 무시하고 조사를 진행합니까."

장 사장은 반박하지 못하고 큰 한숨을 지었다.

정말로 이 모든 게 자신의 기우일까.

"가만 보면 장 사장님은 걱정을 사서 하는 사람 같습니다."

"그래, 장 사장. 좋게 마무리 지었잖아. 오히려 박성택이가 국감에서 깨진 게 다행이라니까. 이젠 똥파리들 얼씬도 못 해."

모두들 장밋빛 전망을 말했지만 장 사장은 쉽게 동요되지 않았다.

"그건 잘 모르겠고, 우리 싸움은 지금부터 시작이라고 봐."

"뭐?"

"내가 말했지? 가격은 담합하는 대신 최소한 불량 납품은 줄이자고. 근데 다들 어떻게 했어? 식중독 증세까지 보고될 정도면 너무 막가자 납품 아니야?"

"장 사장! 우리야 신선 식품이고 네들은 골뱅이 참치 통조림 같은 가공품인데 비교가 돼?"

"아무튼 난 당분간 이 문제에 깊게 관여 안 할 거야. 당분간은 우리끼리 이렇게 만나는 것도 위험하다고. 나 오늘 이 말 하려고 왔습니다. 먼저 일어납니다."

장 사장이 시큰둥하게 자리를 뜨자 주변 사람들이 한소리씩 내뱉었다.

"오냐. 걸리면 네놈 이름부터 팔아 주마."

೭

"군납 비리?"

"예. 생각보다 문제가 심각한 것 같더군요."

"문제고 자시고 이거 박성택이가 국감에서 개망신당했던 건이잖아. 알면서도 나한테 올리는 저의가 뭐야."

"편견 없이 사건만 보면……."

오 과장은 김 국장의 따가운 눈총에 말문이 막혔다.

그도 알고 있었다. 편견 없이 사건만 볼 수 있는 단계는 이미 지났다는 걸.

김 국장은 서류를 한 번 쓱 살피더니 더욱 따갑게 눈총을 쏴 댔다.

"이거 또 이준철이 작품이구만. 근데 아니야. 이런 건 자네가 중간에서 짤랐어야지."

왜 안 그래 봤겠습니까.

근데 그놈이 군납 업체 8년 치 자료를 다 뒤집어 그럴듯한 증거를 가져왔는데 어떻게 거절할 수 있겠습니까.

"단순히 고집을 꺾고 말고의 문제가 아니었습니다. 이 팀장이 세부 자료를 가져왔는데…… 이거 생각보다 문제가 너무 크더군요."

"박성택이가 이미 똥물 다 뿌려 놨는데, 그럼에도 덮기 힘들 만큼 문제가 커?"

"예, 큽니다."

예상외로 자신감 있는 목소리가 즉각 튀어나왔다.

"국장님. 군납 업체의 입찰 담합이 이번 한두 해가 아니었습니다. 장장 8년이었습니다. 참치 회사가 한번 낙찰받으면

공정거래
위원회

거래가 8년 이어졌고, 상추를 한번 낙찰받으면 그것도 8년이 었습니다."

준철은 군납 기록을 전부 뒤져 수상한 흔적을 색출했다. 특이점은 그리 먼 데 있지 않았다. 각 군납 업체가 한번 낙찰 받은 상품을 무려 8년이나 해 먹고 있었다.

그렇다고 서로 식품군이 하나도 안 겹치는 회산가?

아니다. 참치를 파는 회사는 고기도 팔았고, 신선 식품도 팔았고, 라면도 팔았다. 하지만 마치 약속이라도 한 듯 자신 의 영역 외에 다른 식품군은 아예 쳐다보지도 않았다.

"보면 아시겠지만 꼭 아프리카 국경선처럼 칼같이 식품군 이 나뉘어 있습니다. 이건 뒤에서 인위적으로 조종하고 있었 단 결정적 증거죠."

만약 이게 정상적인 입찰 경쟁이었다면? 춘추전국시대처 럼 국경선이 번잡했어야 한다. 작년에 탈락한 업체가 이번엔 선정되고, 이번에 선정된 업체가 재작년엔 탈락했고 하는 과 정이.

8년 동안 납품 업체가 바뀌진 않은 건 그들끼리 휴전선을 정했다는 것과 다름없다.

서류 검토를 끝낸 김태석 국장은 자연스레 한숨이 나왔다.

이건…… 놈의 의심이 맞았다. 아니, 비리가 있을 거란 확 신도 들었다. 각 품목마다 군납 업체가 단 한 번도 안 바뀐 점, 그리고 시중가보다 납품가가 더 높다는 점은 입찰 담합이 아니라면 오히려 설명이 안 됐다.

하지만 밥상이 완벽하면 뭐 하나. 웬놈이 등장해 시원하게 똥물을 뿌리고 가 버렸는데.

단순히 박성택이 똥물 뿌리고 가서만 싫은 게 아니다. 이 사건은 잘해 봤자 박성택만 띄워 주는 거고, 못하면 박성택한테 놀아난 공정위가 되는 거다.

"아무리 생각해도 안 되겠다. 난 은퇴하고 나면 조용히 골프나 치러 다닐 생각이야. 근데 내가 이거 맡으면 여의도로 가야 될 성싶은데."

"최대한 조심하겠습니다. 편파 조사라는 말 안 나오도록."

"그게 우리만 조심한다고 되나. 박성택이가 아주 온 동네에 떠들고 다닐걸? 지가 의심하던 비리가 마침 공정위에서 조사까지 받게 됐다고."

놈은 당한 굴욕에 이자까지 얹어서 톡톡히 되갚아 줄 거다. 만약 진상이 밝혀지면 박성택도 소신을 지키는 의원으로 이미지가 반전될 것이니.

"만약 이거 하게 되면 여당 전체가 들고일어나서 우릴 공격해 댈 거다."

"질 자신 없습니다. 오로지 팩트만 가지고 싸우면 되니까요. 그리고 사실 이걸 덮는 거야말로 정치적 행보 아닙니까."

"뭐?"

"문제가 빤히 보이는데 굳이 연장한다면 저희가 다른 쪽으로 오해를 살 수 있습니다."

김태석 국장이 입술을 지그시 깨물었다.

이래서 이런 사건은 관여하기 싫다는 거다. 하면 한다고 논란, 안 하면 안 한다고 논란.

"외람되지만 국장님. 이거 우리가 허락해 주지 않으면 이놈 바깥에서 사고 쳐 올 겁니다."

"사고?"

"금리인하권 때, 그놈이 어떻게 공론화시켰는지 아시잖아요. 언론에 기사 슬쩍 내보내면서 여론몰이 해 댈 겁니다."

"……아무리 그래도 그놈이랑 공정위는 식구야. 설마 그러겠어?"

"설령 그놈이 가만 있는다 해도 박성택 의원이 가만 안 있을 겁니다. 언론에 좌표 찍고 수상한 점 계속 들춰 내면서 우릴 압박할 겁니다."

"……."

"결국 자발적으로 하느냐, 등 떠밀려서 하느냐입니다. 기왕 그럴 거 차라리 전자가 낫지 않습니까."

지난 국감은 박성택의 완패였지만 그렇다고 국방부의 승리도 아니었다.

청탁 의혹은 완벽히 방어했어도 군납 업체의 수상한 행적에 대해선 해명 한마디 못 들어 봤다.

만약 박성택이 좀만 더 차분하게 감사를 했더라면, 카메라 욕심을 줄였더라면 국방부의 무능을 만천하에 드러낼 수 있는 좋은 기회가 됐을지도 모른다.

"오 과장 그때 그 얘긴 취소한다."

"무슨……."

"그놈 새끼 과장으로 진급시키는 거 말이야. 보니까 이놈은 일머리만 좋지, 처세머리가 없어. 위로 갈수록 정무적 판단이 얼마나 중요한데, 그냥 이상하다 싶으면 머리부터 들이미네."

오 과장은 씁쓸하게 웃기만 했다.

진심이겠냐마는 지금 국장님의 심정이 어떨지 충분히 이해가 갔다.

"만약 조사 허락하면 어떡하게?"

"방사청에게 입찰 자료 달라고 해야 합니다."

"거기 연루된 기업들 엄청 많을 텐데 보면 알 수 있겠어?"

"지금은 그게 더 함정이죠. 머리 큰 기업들도 아니고, 연루된 업체도 많은 것 같으니 되레 쉽게 끝날 수 있습니다. 다만 문제는……."

"소문 한번 시끄럽게 날 거다?"

"예. 아마 언론들이 벌 떼처럼 달라붙을 겁니다."

김 국장은 서류를 까딱거리다 옆에 있는 도장을 물끄러미 봤다.

시끄러웠던 국감도 이제 마무리 수순에 들어가는 9월 말이다. 하지만 이 도장 한 방이면 다 꺼져 가는 국감이 다시 한 번 활활 타오를 것이다. 기자들도 이 좋은 기회를 놓치지 않겠지.

언론사들은 이걸 어떻게 받아 적을까.

박성택한테 놀아난 공정위? 아니면 소신을 지킨 박성택? 한숨만 나오는 기사들이다. 잘해 봤자 본전도 못 찾는 조사는 늘 마뜩지가 않다.

꾸욱.

"젠장. 진짜로 찍어 주기 싫은 도장이네."

"죄송합니다, 국장님. 여러모로……."

"앓는 소리 마. 자네가 마음만 모질게 먹었으면 충분히 중간에서 덮을 수도 있는 사건이었어. 그놈이나 자네나 한통속이지."

"한통속까진 아니지만…… 아무튼 맞는 말씀 같습니다. 제가 중간에서 못 짤랐습니다."

서류를 넘기는 김 국장의 손이 바들바들 떨렸다.

여기서 손을 떼면 끝이다. 정쟁의 불구덩이로 공정위를 몰아넣는 것이다.

"대신 약속 하나만 하자. 누구 처벌하고, 망신 주고 하기 전에 양당 의원들 만나서 우리 입장 잘 설명해. 너무나 이상해서 안 할 수가 없었던 사건이라고."

"물론이죠. 이 팀장이 부족하면 제가 중간에서라도 그 문제는 중재하겠습니다."

"무엇보다 중요한 건 조사 성과야. 입찰 담합 정황……. 반
드시 캐 와. 안 그럼 우리 공정위가 박성택이랑 함께 순장당
할 거다."

김 국장의 손이 서류에서 떨어졌고, 오 과장은 무거운 얼
굴로 그 서류를 받았다.

"고맙습니다, 이 팀장님! 당장의 논란이야 피할 수 없겠지
만 반드시 누군가는 해야 할 일입니다. 나랏돈 빼먹는 것들
한텐 응당한 처분이 내려져야죠. 팀장님처럼 사명감 투철한
분이 맡게 돼서 제 속이 오히려 편합니다."

조사 소식을 접한 박성택은 침이 다 마를 만큼 찬사를 퍼
부어 댔다. 입은 이미 귀에 걸렸다. 국감에서 당한 망신을 소
신으로 반전시킬 수 있는 절호의 기회다.

"도울 수 있는 건 모조리 다 돕겠습니다. 앞으로 잘 부탁드
립니다."

"그렇게 거창한 건 아니고요. 일단은 살짝 들여다만 볼 겁
니다."

"아, 당연히 들여다보셔야죠. 근데 안경 하나 끼고 봐서 되
겠습니까. 돋보기, 현미경 필요하면 말씀하세요."

"무슨 말씀인지."

"장장 8년의 담합을 다 드러내야 하는데 어떻게 공정위 힘만으로 되겠습니까. 검찰에 제 직속 후배 많습니다. 요청만 하시면 영장, 구속이야 일도 아니죠."

"그…… 직속 후배님들은 애초에 맡아 줄 것 같지도 않아서 저한테 주신 거 아닙니까?"

"지금은 좀 다르죠. 원래 매도 같이 맞으면 좀 덜 아프지 않습니까. 공정위가 전면에 나서 주겠다고 하면 제 후배들도 뜻을 모아 줄 겁니다."

불편한 기색을 내비쳤지만 그의 말은 그치지 않았다.

"비단 검찰뿐이겠습니까. 언론사, 정치권 필요한 세력들 다 끌고 와서 판 벌여 드릴 수도 있습니다. 금리인하권 때 제가 어떻게 해 드렸는지 아시죠?"

"박 의원님."

"아니, 제 말 먼저 들어주세요. 팀장님. 이 사건은 어차피 공정위가 맡든 검찰이 맡든 여당이 들고일어날 수밖에 없는 사건입니다. 근데 정치적 논란 때문에 수사가 중간에서 좌초될 수 있겠습니까. 제가 외압, 위풍 책임지고 막아 드리겠습니다. 팀장님께선 소신대로 혐의만 밝혀내 주십쇼."

준철은 눈썹에 튄 침방울을 닦아 내며 말했다.

"정치권의 외압을…… 정말 막아 주시겠다고요."

"아무렴요."

"사실 가장 크게 걸리는 외압이 있긴 한데."

"아니 벌써부터 외압이 있었어요? 하여간 여당 놈들은 살기 하나 기가 막히게 눈치챈다니까. 누굽니까?"

"박 의원님. 이 사건에서 빠져 주십쇼."

아직 이해가 되질 않았던지 박성택이 눈을 끔벅거렸다.

"예?"

"의원님께서 지금 저의 외압이십니다."

"아니, 무슨."

"사실 이 사건. 눈에 보이는 비리만 해도 명확하고, 증거도 차고 넘쳐 굳이 국장님의 재가까진 필요 없었습니다. 하지만 의원님께서 다루신 통에 저희 지휘부도 눈에 불을 켜고 이 사건 반대했어요."

"⋯⋯."

"저희는 그게 싫습니다. 이 사건 정쟁으로 끌고 갈 생각 말아 주십쇼. 지지 세력 붙기 시작하면 명백한 범죄도 진영 논리 따라갑니다. 지금 의원님께서 빠져 주시는 게 가장 그림이 좋습니다."

박성택은 절망적인 얼굴을 감출 수 없었다.

아니 그러면 내가 국감에서 당한 치욕은 어떻게 씻는단 말인가.

"무얼 우려하시는지 압니다. 지난 굴욕을 씻고 싶으시겠죠. 근데 이 사건 다 밝혀지면 그 오명은 자연스레 씻겨 내려

공정거래
위원회

갈 겁니다. 의원님께서 괜히 카메라 욕심내면 사안이 이상한 방향으로 끝날 거고요."

"팀장님. 그렇게 말씀하시니 좀 섭섭합니다. 나는 국방부 카르텔과 맞서다 처절하게 깨진 사람이에요. 그런 저더러 빠지라고 하시면……."

"그래서 결과가 좋았습니까."

"……."

"어쩔 수 없습니다."

최소한 그의 공로는 인정한다.

목적이야 어쨌건 비리를 밝혀내려 했고, 맞서 싸우려 했다. 국방부 카르텔이란 말도 그다지 손색없는 말이다. 놈들은 무능한 집단이었으니 말이다.

"만약 응하지 않으시면 저도 그냥 지휘부에 보고하겠습니다. 안 하는 게 좋겠다고."

준철이 슬쩍 일어나려 하자 박성택이 펄쩍 뛰었다.

"알겠습니다. 알겠어요! 근데 이거 분명 여당에서 엄청난 공세를 해 올 텐데 그건 어떻게 막으시려고요."

"논란에 휩싸이지 않게끔 할 겁니다. 이게 제가 드릴 수 있는 마지막 답변입니다."

그는 끙하니 앓더니 준철을 살폈다.

이놈은 허풍 떨 놈이 아니다. 만약 자기 계산에 따라 이게 안 될 것 같다 싶으면? 지금 당장이라도 충분히 덮을 수 있는 놈이다.

박성택은 선택을 해야 했다.

망신당한 걸 그대로 덮어 두느냐, 아니면 생색을 포기하느냐.

"알겠습니다."

마땅한 선택지가 없었고, 그는 그나마 차악을 선택했다.

"그럼 뜻이 전달된 줄로 알고 이만 일어나겠습니다."

먼저 일어나는 준철을 야속한 눈빛으로 봤다.

"어떻게 됐습니까, 의원님."

"젊은 놈이 보기보다 겁이 많네요. 없는 시간 내서 도와주겠다는데 왜 마다하는지 원."

"거절했습니까?"

"얘기도 못 꺼내 봤어요."

의원실로 돌아온 박성택은 한숨 가득이었다.

딱 절반의 성과다.

멱살 잡고 조사를 성사시키긴 했지만, 자신의 이름을 알릴 기회는 박탈해 버렸다.

"얘기 좀 잘해 보시지……."

"안 해 봤겠습니까. 아무래도 그 젊은 놈은 이런 부류가 아닌 것 같습니다."

답답한 대화였다.

국회의원이 잘 봐주겠다 하면 허리 숙이며 감사해야 할 일 아닌가. 사람 일은 어떻게 될지 모른다. 나중에 정치에 욕심이 생긴다면 충분히 끌어 줄 수도 있는 건데, 놈이 매몰차게 거절해 버렸다.

"당은 지금 어떻습니까?"

"공정위에서 해당 사건 조사할 수 있다고 말해 놨습니다."

"뭐랍니까?"

"다들 반기긴 하나 걱정 또한 많습니다. 아시다시피 우리가 실수 한 적이 있으니……."

"그 얘긴 그만합시다."

"네. 아무튼 한 의원이 좀 적극적으로 나서 주고 있습니다. 만약 스파크 튀면 총공세 들어가야 한다고……."

박성택은 두 손에 힘이 들어갔다.

"뭐? 한 의원이 나서고 있어요?"

"네. 만약 이 사건 정쟁으로 가면 총공세해야 하잖아요. 도와주겠답니다."

"도와주긴 얼어 죽을! 갑자기 분위기 반전될 것 같으니 미리 숟가락 올려놓는 게지. 내가 아직도 그놈 생각하면 이가 갈립니다."

보좌관이 눈치를 살피다 물었다.

"그럼 저희끼리 할까요? 본래 용서받는 게 허락받는 것보다 쉽습니다. 공정위가 곧 방사청 자료 조사 들어갈 텐데 바로 언론에 터트려 버리죠."

그렇게만 하면 이 사건에 다른 주인공들이 등장할 수 없다.

"뭐 국민들이야 이미 다 알 겁니다. 의원님께서 소신대로 밀어붙여서 여기까지 온 거."

"근데 이게 정쟁으로 가면 그놈이 가만 안 있겠다 그랬는데……"

"그러니 허락받지 말고 용서받자는 겁니다. 이건 어차피 갈 수밖에 없는 사건이에요."

보좌관의 설명에 박성택도 고민에 잠겼다.

자신이 빠져 주는 게 가장 좋은 그림이란 걸 알지만 오기가 가라앉지 않았다. 꼰대 의원이라는 오명까지 얻어 가며 이 사건 파헤친 게 누군데. 당연히 모든 비리가 밝혀지면 자신의 이름이 나와야지.

하지만 정쟁 사건으로 비화되면 손 떼 버리겠다는 젊은 놈의 경고도 머릿속엔 생생했다.

"아직 확답은 못 내리겠는데, 기회는 한번 노려 봅시다."

"팀장님. 야당이 정말 가만히 있어 줄까요?"

"일단 박성택 의원에게 약속은 받았습니다만…… 저도 확신은 안 드네요."

"그 불안감이 정확한 직감일 겁니다. 개가 똥을 끊지 야당이 이 사건을 어떻게 그냥 보고만 있겠어요."

방사청에 자료 요구를 하러 가는 당일이 되자 반원들이 불안감을 드러냈다.

정쟁으로 비화될 게 빤한데 이걸 하는 게 맞을까? 자료를 압수하는 건 본수사를 알리는 신호탄이며 이젠 빼도 박도 못한다.

"아직 늦지 않았습니다. 여기서 회군하면 없던 일이 될 겁니다."

김 반장은 방사청 건물을 보며 말했다.

"왜요, 반장님. 우리 조사 그렇게 자신 없으세요?"

"제가 뭐 조사가 자신 없어 이러겠습니까. 팀장님 말씀대로 이건 빼도 박도 못할 입찰 담합이에요. 군납 업체 선정 자료 보면 방사청이 얼마나 무능했는지 여실히 드러날 겁니다. 아니, 이건 조사하러 가는 것도 아니야. 그냥 증거 자료 확보하러 가는 거지."

"그럼 됐네요."

"그게 끝이 아니니 문제죠. 박성택이 궁둥이가 막 들썩거렸다면서요? 우리 본수사 알려지면 야당 의원들 전부 다 숟가락 들고 뎀벼들걸요."

준철도 눈에 그려지는 그림이었다.

"걱정 마세요. 그건 제가 막겠습니다. 우린 우리 일만 하죠."

"하아…… 네."

준철의 재촉에 반원들도 무겁게 엉덩이를 들었다. 하지만 막상 방사청 관계자를 만나게 되니 없던 전의가 다시 활활 타올랐다.

"뭐요? 공정위?"

"네. 군납 업체들이 조직적으로 입찰에 참여한 것 같은 정황이 잡혀서요."

"이보세요, 팀장님. 내가 지금 그거 묻는 거 아니잖습니까. 우리한테 자료 요구하는 게 무슨 의민지 아시죠."

방위사업청 김명길 차장은 불편한 심기를 여과 없이 드러냈다.

민감한 사건이다. 겨우 잠재웠다고는 하나 지금은 시기도 적절치 않다.

난데없이 등장해 군납 업체 선정 과정에 관한 자료를 요구하는데 당연히 달가울 리 없었다.

"단순한 자료 요구입니다. 저희의 의심이 틀렸을 수도 있고요."

"이게 어딜 봐서 단순한 자료 요구야! 아니, 당신들 박 의원한테 사주받았습니까? 야당에서 우리 치래요?"

결국 그의 인내심이 폭발하고 말았다. 뭐 이 정도 반응은 준철도 예상하고 있었고, 차라리 민감한 얘기를 꺼내기 쉬웠다.

"사주……라는 말이 꼭 틀린 말도 아닌데, 서류만 보면 진짜 이상하더군요. 군납 업체가 조직적으로 입찰에 참여 안 했으면 어떻게 8년 동안 납품 업체가 단 한 번도 바뀌지 않았습니까? 그리고 왜 시중가보다 군납품 가격이 더 높은 거예요?"

"그건 국감에서 다 설명하지 않았소! 군납 업체 선정은 외부 위원들이 상의해서 최종적으로 결정하는 겁니다. 우리 고위직들이 연루될 가능성이 제로예요."

"저희는 지금 청탁 관계를 의심하는 게 아닙니다. 방사청의 무능을 지적하는 거지."

"뭐, 뭐야? 무능?"

더 목소리가 커지기 직전. 준철이 서류를 내밀었다.

"국방부가 국회에 제출한 자료를 보면 불량률도 상당했더군요. 일선 부대에선 식중독까지 보고되었고."

"그, 그건……."

"만약 학교나 회사 급식에서 이 정도 불량이 나왔다면 소송까지 걸렸을 겁니다. 그나마 우리 국군 장병들 인내심이 좋아 다행이었죠."

"……."

"자료 주세요. 만약 지금 안 주시면 저희도 검찰한테 압수수색 영장 가져올 수밖에 없습니다."

사기업이었다면 영장 소리에 꼬리를 내렸겠지만 공무원들은 달랐다.

"그럼 자승자박이야. 영장 치면 언론도 따라붙을 텐데? 그러면 여당에서 가만있지 않을걸. 당신들은 지금 박성택이 개 노릇이나 하고 있는 거야."

모욕적인 언사였지만 별로 개의치 않았다.

자료가 떳떳했더라면 뭐 굳이 이렇게 말이 길겠나. 방사청 내부에서도 분명 치열한 회의가 오갔을 것이다. 거기서 대답이 정리되지 않으니 이렇게 왈왈 짖어 대는 거겠지.

"협조하실 마음이 없군요. 알겠습니다. 그럼 다음엔 영장 쳐서 다시 오겠습니다."

그렇게 자리에서 일어나려던 찰나.

"잠깐!"

질 끝판왕 사망

한명그룹
김성균 본부?

정쟁을 막아라

별안간 괴성을 내지른 그는 핸드폰을 들고 어디론가 사라졌다.

준철은 그 모습이 못내 불안했다.

사기업이라면 변호사 찾겠거니 생각하며 대수롭지 않게 여겼을 거다. 궁지에 몰렸을 때 대형 로펌 찾는 건 밥 먹을 때 숟가락 드는 것만큼 당연한 일이다.

검찰 고위직 출신의 변호사가 직통 후배들에게 전화 한 통 싹 다 돌리겠지. 그러면 수사 수위나 처벌 수위는 몰라보게 달라진다.

하지만 놈들은 국방부 소속의 공무원.

끗발 좋은 전관 변호사 이상의 사람들도 데려올 수 있는 놈들이다. 만약 놈들이 정치권 사람을 데려오면 이번 조사가 여기서 백지화될 수도 있다.

애써 불안한 눈빛을 숨기고 있을 때, 그가 통화를 끝내고 사무실에서 나왔다.

"팀장님. 이렇게 합시다."

그는 긴 한숨을 내쉬며 서류 하나를 내밀었다.

"사람이 하는 일이니 실수가 있을 수 있죠. 의도치는 않았지만 군납 업체들이 비리…… 아니, 조금 떳떳치 못한 일을 했을 수도 있죠."

잡설이 길다. 목소리도 이전과 달리 조금 공손해졌고.

설마 대화가 잘 안 풀린 걸까.

"네. 그럴 수 있죠."

"바로 잡을 수 있는 기회를 주신다면 저희도 자정의 노력을 보이겠습니다."

"무슨 말씀이신지."

"우리 방사청에서 TF팀을 꾸려 자체 진상 조사에 들어가겠습니다. 잘못된 관행이 적발되면 그 즉시 해당 기업에 엄벌을 내리도록 하겠습니다."

준철은 비스듬히 고개를 돌려 웃음을 감췄다.

이런 말이 갑자기 나오진 않았을 거다. 방사청 내부에선 이미 진상 조사를 했을 것이며, 자신들의 무능이 얼마나 컸는지 확인했을 것이다.

공정거래
위원회

"어떻게 조사하실 계획인데요."

"우리도 지금 의심 가는 업체가 몇몇 있습니다. 이들 소환해서 소명 들어 보고 아니다 싶으면 입찰 제한 등의 중징계를 내리겠습니다."

"그건 그냥 군납 업체들한테 자백 받아 내겠다 이 소리 아닙니까."

"그게 최선……."

"최선이 아니라 최악이죠. 기업들은 비리 못 덮을 것 같다 싶으면 사건 축소하기 바쁩니다. 처벌 수위라도 낮춰야 하니까. 차장님이 말씀하신 대로면 아마 군납 업체끼리 총대 멜 놈 정할 겁니다."

잠시 공손해졌던 차장의 목소리가 대번에 커졌다.

"아니 그럼 이거 어디까지 조사할 작정이요. 아직도 우리 관계자가 기업들한테 청탁 받았다고 생각하쇼?"

"저희도 그렇게 넘겨짚진 않습니다. 하지만 현실적인 이유로 사건을 축소하거나, 적당히 처벌할 생각은 없습니다. 드러낼 수 있는 비리는 전부 다 드러내야죠."

차장의 눈앞이 깜깜해졌다.

방사청이 자체 조사한 바에 따르면 지금까지 파악된 업체만 22곳이다. 사실상 입찰 담합에 참여 안 한 군납 업체가 없었다. 자신조차 경악을 금치 못했던 실체가 전 국민에게 공개되면 방사청을 넘어 국방부에도 피바람이 불 것이다.

"그리고 입찰 담합 이런 사건은 저희 공정위가 전문 부처입니다. 그냥 전문가에게 맡겨 주세요."

"우리가 지금 전문가 못 믿어서 이러는 거 아니잖아요. 내부에서 자체 조사하는 거랑, 외부에서 조사 들어오는 거랑 천지 차이예요. 만약 공정위가 우릴 조사하겠다는 소식이 퍼지면 언론사 또한 요란해질 겁니다."

"그 정도는 각오……."

"까놓고 말해 이거 공론화되면 피차 피곤해지는 거 아니요. 공정위는 야당 앞잡이 되는 거고, 우린 여당 앞잡이 되는 겁니다."

참다못한 차장은 이 사건이 정쟁이 될 것이라고 노골적 협박했다.

앞잡이란 단어가 심히 거슬렸지만 준철은 크게 대꾸하지 않았다. 지루한 입씨름은 이 정도로도 충분하다.

"그렇게 보일 수도 있겠죠. 어쩌겠습니까. 그 오해를 푸는 것도 각자의 역할이지."

"아니 팀장님! 사람이 왜 이렇게 말귀를 못 알아들어요. 나 지금 누구랑 통화하고 온지 아십니까? 여당 고위직 의원과 통화했습니다. 그분께서 각 기관이 원만하게 합의하라 했어요. 청와대도 이 문제가 정쟁으로 비화될까 각별히 유의하고 있답니다!"

"그 고위직 의원이 누굽니까."

공정거래
위원회

"밝힐 수 없는 다선 의원이요. 지금 그게 중요합니까?"

"굉장히 중요합니다. 만약 이 사건 덮으려 하시면 저흰 중간에서 외압받았다고 언론에 광고해 댈 겁니다."

준철은 목소리를 낮춰 말했다.

"그리고 이런 말까진 안 하려 했는데…… 솔직히 이 사건을 정쟁으로 끌고 가고 싶은 건 방사청의 바람 아닙니까."

"뭐, 뭐요?"

"그냥 군납 업체의 비리 사건이에요. 방사청의 무능한 급식 업체 선정으로 국군장병이 피해를 입었다, 이게 사건의 본질입니다. 여기서 여야가 왜 나옵니까?"

나오는 이유는 하나다.

자신들의 무능을 만천하에 드러내고 싶지 않으니.

"계속 그 방패에 숨지 마세요. 설사 여당이 아니라 청와대에서 지시가 내려와도 우린 이 담합 비리 계속 파헤칠 겁니다."

쾅-!

"젊은 놈의 새끼가 어디 뚫린 입이라고."

"차, 차장님. 고정하십쇼."

"방사청의 무능? 정치적 논란에 휩싸일까 봐 배려해 주겠다는데 이걸 그딴 식으로 말해?"

이성이 끊긴 차장 때문에 주변 직원들이 부리나케 달려들었다.

차장은 그들에게 시선을 돌리며 들으라는 듯 목소리를 키웠다.

"다들 잘 들어. 공정위든 나발이든 외부 기관한테 함부로 우리 자료 주지 마!"

"……."

"내 허락 없이 자료 반출하면 옷 벗을 각오해야 할 거야."

그러더니 준철에게 시선을 돌렸다.

"헛걸음하셔서 어쩌나. 당신들은 포스트 잇 한 장도 못 가져가."

"지금 뭐 하시는 겁니까."

"그건 박성택 의원한테 물어보쇼. 국감에서 간첩 잡았다고 허풍 치던데 그 간첩이 지금 어디 있나. 고작 한다는 게 공정위한테 사주해서 우리 치는 거야?"

"이건 그 문제랑 상관없습니다만."

"우리한텐 상관있어. 정 자료 가져가고 싶으면 검찰에서 압수수색영장 받아 오고, 나 구속도 해 보쇼. 어디 한번 끝까지 해 봅시다."

그렇게 쏘아붙이며 놈은 자리에서 떴다.

준철은 가만히 한숨을 내쉬더니 반원들에게 말했다.

"일단 갑시다."

그렇게 방사청을 나섰지만 표정 관리가 되질 않았다. 박성택한테 사주당한 놈으로 매도당해서가 아니다. 이걸 무조건

공정거래
위원회

정쟁으로 끌고 가겠다는 놈의 의지를 확인해서다.

"팀장님 저 양반 진짜 독하네요. 어차피 다 끝난 게임인데 저리 억지 부리는 거 보면."

"뭐…… 자기들도 알겠죠. 얘기 들어 보니 이미 내부에서도 어느 정도 비리의 실체를 파악한 것 같은데."

"근데도 왜 저럴까요. 담합 비리 확인했으면 당연히 우리한테 넘겨야지."

"자신들의 무능을 인정할 용기까진 없나 봅니다."

김 반장은 한숨을 내쉬면서 말했다.

"아마 끝까지 자료 제출 안 해 주겠죠."

"아무래도."

"그럼 이제 어떡하실 겁니까. 검찰 가서 압수수색영장 빨리 받아 내야 할 것 같은데."

준철은 혀를 한 번 차며 고개를 저었다.

"그건 일단 보류하겠습니다."

"네? 이건 비리가 너무 확실해 영장 바로 나올 텐데요. 자료 입수는 조사가 아니라 사실상 증거 확보입니다."

"압니다만 모양새가 너무 좋지 않아요. 우리랑 검찰이 동시에 방사청 치면 분명 진영 구도로 갈 겁니다."

"아…… 놈이 저렇게 악다구니 쓰는 이유가 있군요."

마음만 먹으면 저 자료 입수하는 거야 어렵지 않겠다만, 지금은 바깥으로 보이는 모습도 조심해야 하는 처지다.

"일단은 기다려 보겠습니다. 오늘 우리가 폭탄 전달하고 왔으니, 내부에서 다시 얘기가 오갈 겁니다."

※

강현모 여당 최고의원은 방사청장과 국방부장관을 한심한 눈빛으로 쳐다봤다.

"공정위에서 자료를 요구했다?"

"예. 그렇습니다."

"자료는 내줬나?"

"저희 차장이 일단 거부했습니다. 온통 민감한 자료들이라······."

"어떤 의미로 민감하다는 거야? 돈 받아 처먹은 걸 못 숨겼다는 거야?"

"아, 아닙니다. 의원님. 저희도 자체 조사를 해 봤는데, 군납 업체와 청탁 관계인 인사는 절대 없었습니다."

지난 국감에서 강골 이미지를 얻었던 김 국방은 고개도 들지 못하고 비굴한 목소리로 말을 이었다.

"다만 군납 업체들의 납품가가 수상했다는 점은 아무래도 부정하기 힘든······."

"시간 없는 사람 데리고 길게 얘기하지 마! 군납 업체들이 뒤에서 입찰 담합한 거 맞아? 방사청은 지금까지 파악도 못

하고 있었고?"

"……예. 그렇습니다. 면목 없습니다."

청탁이 아니라 무능이었다.

군납 업체는 장장 8년이나 입찰에 조직적으로 참여했으며, 방사청은 이를 파악하지도 못했다.

"김 국방. 오죽하면 나 이게 차라리 청탁 사건이었으면 좋겠어. 뒷돈 처먹은 놈들만 솎아 내면 국방부가 제 기능 해 줄 거 아니야?"

"……."

"근데 아예 파악도 못 하고 있었다? 이건 내가 어떻게 받아들여야 되지. 내 손으로 조직 전체를 뜯어고쳐야 되나."

"소, 송구스럽습니다."

강 최고는 긴 한숨을 내쉬며 물었다.

"공정위는 어디까지 파악한 것 같아?"

"그쪽에서 요구한 자료 목록을 보면 아무래도 내막 전체를 다 파악한 듯 보입니다."

"자료 내주면 어떻게 될 것 같아?"

"사실…… 불똥이 어디까지 튈지 예상할 수 없습니다. 군납 업체들 처벌이야 당연히 이뤄지겠지만 만약 직무유기 혐의를 씌우면 방사청도 무사치 못할 겁니다. 야당에선 당연히 이걸 정치적 소재로 쓸 거고요."

이 좋은 기회를 야당에서 불구경만 하고 있겠나. 어떻게든 정권 비리, 집권 여당의 무능함으로 만들려 더욱 부채질할 게 분명하다.

김 국방은 일그러진 강 최고 얼굴을 살피며 작심한 듯 말했다.

"의원님. 사실 가장 조용하게 끝낼 방법이 하나 있습니다. 저희 내부에서 자정작용할 수 있게 기회를 주십쇼. 공정위 조사 멈춰 달라 요청해 주십쇼."

"그거 멈추면?"

"저희가 진상 조사하고 자체적으로 처벌하겠습니다."

강 최고가 따가운 눈총을 보냈다.

"국방부에서 그걸 어떻게 처벌하게?"

"어차피 군납 업체 선정은 매년 실시합니다. 이번에 문제 된 기업들은 다음 입찰에서 선정 안 하겠습니다."

"그건 처벌이 아니라 당분간 그 업체들한테 일감 안 주겠다는 거 아니야."

"너무 큰 처벌을 하면 도리어 저희의 죄를 시인하는 꼴입니다. 입찰 제한은 최고 징계입니다. 이 정도에서 마무리하겠습니다."

관련자 기소하고, 업체들 고발하는 건 결국 누워서 침 뱉기다. 그런 죄를 파악 못 한 국방부의 무능만 더 부각되겠지.

차라리 징계인지 아닌지 헷갈릴 만한 처벌로 조용히 넘어가는 게 낫다.

공정거래
위원회

하지만 강 의원에겐 마뜩지 않은 얘기였다.

"뭔 말인진 알겠는데 당신들 너무 많은 걸 바라지 마. 우리가 당 차원에서 이 문제에 나서는 건 국방부 편 들어주고 싶어서가 아니야. 야당에게 빌미 주면 정권 자체가 위태로워질까 나서는 거지."

"……."

"만약 그쪽에서도 정쟁으로 안 끌고 갈 것 같다 싶으면 우리도 나설 생각 없어. 공정위 조사받고 내부 물갈이해."

그때 회의실 바깥에서 노크 소리가 들리며 의원 보좌진이 급히 들어왔다.

"의, 의원님. 큰일 났습니다."

"뭐야?"

"야당에서 기사 터트렸어요!"

"뭐?"

"야당이 언론사 전부 동원해서 이 문제 공론화하기 시작했습니다."

❧

의혹으로 시작한 기사는 삽시간에 인터넷 뉴스를 장악했다.

첫 시작은 의혹 제기였으나 기사는 점차 현 집권 여당을 질타하는 분위기로 흘렀다. 출처가 야당이니 그들의 입맛대로 기사 흘러가는 것이다.

언론들의 십자포화에 여당보다 당황스러운 건 공정위였다.

정쟁을 막아 보고자 얼마나 많은 애를 썼던가. 사기업이 수색 영장 가져와 보라고 큰소리치면 구속영장에 카메라까지 동원해서 망신을 제대로 줬을 것이다.

그리하지 않은 이유는 오로지 정치적 논란을 피하기 위함뿐이었는데…… 이젠 헛수고가 되고 말았다.

"출처는 박성택 의원실입니다. 이 사람 아주 작정하고 터트렸네요."

급하게 열린 회의에선 다들 참담한 얼굴을 감추지 못했다.

"방사청이 우리 자료 요구를 거절한 것도 다 기사로 나가 버렸습니다."

"언론에 나간 기사 자료가 저희가 현재 파악한 정보보다 더 많습니다. 아무래도 당에서 조직적으로 움직이고 있는 것 같습니다."

확실히 정보는 여의도를 따라갈 수가 없다.

야당은 군납 업체 심사 자료를 모두 입수해 언론에 무더기로 제보해 버렸다. 현재 의심하고 있는 22곳 업체의 이름이 모두 거론되었고, 이들이 얼마나 가격을 높여 받았는지도 소상히 나왔다.

공정거래
위원회

"여기서 끝이 아니에요. 지금 야당 의원들이 계속 SNS로 메시지 내고 있습니다."

당연히 이것은 공익 제보가 아니었다.

야당의 목적은 집권 여당 흠집 내기였고, 각 의원들이 역할에 따라 여당을 물어뜯기 시작했다.

기사의 쟁점도 군납 업체들의 담합이 아닌 이를 몰랐던 국방부에 집중되어 있으니, 이제 이 사건은 부정할 수 없는 정쟁이 되었다.

"팀장님……?"

눈을 돌리니 반원들의 간절한 눈빛이 기다리고 있었다.

도망가고 싶을 것이다. 지금이라도 발 빼고 방사청이 내부 조사하고 마무리할 수 있게끔.

"오히려 좋네요."

"예?"

"방사청이 우리한텐 자료 안 넘겼잖아요. 근데 기사 보니 이미 다 안팎에서 정보가 샌 모양입니다."

"지금 그게 중요한 게 아니잖아요…… 우리가 여기에 가세하면 정치적 논란에 불을 지필 겁니다."

"다들 우리가 불순한 목적으로 조사한다고 생각할 거라고요."

야당한테 선빵을 맞았는데, 여당이라곤 가만있을까.

자신들에게 불리하다 싶으면 모두 표적 수사, 정치 수사라고 매도를 해 댈 것이다.

"여론도 슬슬 반반으로 갈리고 있습니다. 만약 여당 의원들이 반박하기 시작하면 금세 진영 논리 싸움으로 빠질 거라고요."

준철도 절대 이 상황이 오히려 좋다고 생각하지 않았다.

하지만 자신마저 무너지면 이대로 조사가 좌초될 것이다.

"우리가 정쟁을 드러워서 피한 거지, 무서워서 피한 게 아니잖아요."

"……설마 팀장님."

"이렇게 된 거 조사 진도라도 빨리 빼겠습니다. 언론사에 나간 업체들 전부 정리해서 소환장 날려 주세요. 아, 방사청의 직무유기 혐의도 절대 빼놓지 않을 겁니다. 당시 담당자 누구였는지 전부 입수해 주세요."

그렇게 반원들에게 지시할 때, 익숙한 번호로 전화가 왔다.

"모두 서둘러 주세요."

자리를 피한 준철은 액정을 노려보며 통화 버튼을 눌렀다.

─아이고 이 팀장님. 공무로 바쁘실 텐데 제가 괜히 전화드린 건 아닌지 모르겠습니다.

"마침 전화드리려던 참이었습니다. 박 의원님. 제가 분명 정치적 외풍 넣지 말아 달라 부탁드렸는데, 태풍을 몰고 오셨더군요."

공정거래
위원회

-오해십니다. 제가 한 게 아니라 당 차원에서 나간 기사예요. 방사청 내부자가 저희한테 특급 제보를 하지 않겠습니까. 군납 업체 선정 때 어떤 과정을 거쳤는지. 자료를 보니 아주 가관이더군요. 국민들의 알 권리 차원에서 어쩔 수 없이 터트린 겁니다.

박성택이 연신 미안하다 말했지만, 전화기 너머에서 탭댄스 추는 모습이 훤히 그려졌다.

-어떻게 보면 이게 또 팀장님을 위해서 그러는 겁니다. 방사청이 아주 되바라지게 굴었다면서요. 자료 요구도 거부하고.

"확실히 정보통 좋네요. 그건 또 어떻게 아셨습니까?"

-국가 대소사를 국회의원이 모르면 누가 알겠습니까. 하하. 이제 염려 놓으세요. 판 다 벌여 놨으니 팀장님께선 하던 대로, 아주 명명백백하게 국방부 비리 드러내면 됩니다.

준철은 가만히 한숨을 쉬었다.

"박 의원님. 조금만 참으시지 그랬어요. 진상 규명되면 자연히 오명을 벗으실 텐데 왜 그새를 못 참으셨어요."

-아니, 그건…….

"전 사실 이 사건 다 드러나면 의원님 추켜 드릴 생각이었습니다. 근데 이젠 그것도 못 하겠네요. 앞으로 저한테 전화하지 마십쇼. 미리 말씀드리는데 이 사건 다 드러나면 딱히 야당에 유리하지 않을 겁니다.

-예?

그대로 전화를 끊어 버렸다.

진짜로 안타까움에 나온 조언이었다. 비록 목적이 불순했다고는 하나 준철은 박성택을 높이 평가하고 있었다. 그래도 놈 때문에 이런 내막을 조사할 수 있게 됐으니 말이다.

능력이 의욕을 따라가진 못했을 뿐이다. 주목받으려고 너무 오버한 부분도 있고. 그래도 의욕 자체는 좋은 사람이었다. 하지만 어쩌겠나. 지나친 욕심으로 화를 자초해 버렸는데.

씁쓸히 한숨을 쉴 때, 내선 전화가 울렸다.

"아, 예…… 과장님."

─목소리 들어 보니 너도 예상 못 했던 일인가 보지? 기사 터진 거.

"죄송합니다…… 박성택 의원이 상의도 없이."

─그 얘긴 나중에 듣고. 일단 지금 국장실로 올라와라.

"예?"

─여당 최고의원이 왔다. 국장님께서 너 찾으시니까 당장 올라와.

🜧

무거운 마음으로 국장실에 도착하니 중노년의 사내가 앉아 있었다. 준철은 국장에게 간단히 묵례하고 그에게 인사를 했다.

"안녕하십니까. 강 의원님."

"소개도 안 했는데 나를 아는구먼."

"뉴스에서 많이 봤습니다. 강현모 최고의원님."

"그럼 오늘 내가 여기에 온 이유도 알고 있겠지?"

그는 은근한 시선을 보내며 기분 나쁜 티를 팍팍 부렸다.

"결론부터 얘기하겠소. 나는 공정위한테 정치적 동기부여가 있다 생각 안 합니다. 설마 야당 의원한테 사주받고 국방부를 치겠소? 움직일 만한 근거가 있으니 어쩔 수 없이 조사하는 거겠지."

"……."

"하지만 까마귀 날자 배 떨어졌단 속담도 있지 않습니까. 지금 같이 민감한 시기엔 오해 살 행동 안 하는 거야말로 상책이요."

말이 참 오묘하게 들린다.

정말 정치적 동기부여가 없다 생각하는지, 아니면 없는 걸로 믿을 테니 이 사건 손 떼라고 하는건지.

아마 후자이겠지.

"아닌 말로 우리가 먼저 터트린 것도 아니요. 박성택 의원이 간첩 잡았다고 호들갑 떨다가 국감에서 망신 산 거 아니요."

"……."

"그러더니 갑자기 기사 쏟아 내면서 우리 목을 옥죄고 있습니다. 김 국장. 여기에 대해서 어떻게 생각합니까."

김태석 국장은 짧게 한숨을 내쉬었다.

"그 점에 대해선 참 드릴 말이 없습니다."

"박 의원이 괜히 저렇게 허풍 떠는 게 아닙니다. 공정위가 조사를 해 줄 것 같고, 자기 바람대로 움직여 줄 것 같으니 빨리 해 달라고 등 떠미는 거지."

적어도 이 부분에 대해선 그의 설명이 맞았다.

"그러니 내 거국적으로 부탁드리겠습니다. 이 사건, 이미 정쟁이 되어 버린 사건이요. 괜히 공정위까지 휩쓸려 난처해질까 봐 우려스럽습니다."

점잖게 말하는 척하지만 조사 손 떼라는 얘기다.

"의원님. 그건 저희가 좀 더 상의한 후에……."

"김 국장. 나 오늘 하나마나한 얘기 들으려 온 거 아닙니다. 공정위에서 단호한 모습을 보이지 않으면 야당이 계속해서 우릴 자극해 댈 겁니다. 그럼 우리라고 가만있겠소? 우린 국방부 감싸느라 바쁘고, 야당은 공정위 비호하느라 바쁘고 그야말로 개싸움 되는 겁니다."

"하지만…… 지금 보도된 내용만 봐도 입찰 담합은 사실이었습니다."

"그 문제는 방사청이 자체 조사하겠다 알려 왔소. 만약 비리가 드러나면 입찰 제한 3년 등 중징계를 내릴 겁니다."

김 국장은 더 이상 반발하지 않았다.

준철이 보고를 올리지 않았더라면 절대로 재가를 해 주지 않았을 사건이다. 게다가 박성택이 똥볼을 두 번이나 찼는데

엮이고 싶지 않았다.

"이 팀장. 의원님 말씀 어떻게 생각하나. 실무자로서 방사청이 요구하는 부분만 좀 도와주고 그쪽에서 끝내도 나쁘지 않을 것 같은데."

김태석 국장이 고개를 돌려 준철에게 물었다.

"그러면 문제가 더 커질 것 같은데요."

이건 강현모 의원의 예상에 없던 답변이다.

아니 높은 사람 두 명이 이 정도 말했으면 알아들어야지. 뭐가 어째?

"박 의원이 기사 터트린 건 저희 발 묶어 두려는 속셈입니다. 언론에 기사 다 나갔으니 공정위는 조사 계속해라……압박한 거죠. 만약 여기서 저희가 발을 뺀다면 오히려 더 소재 하나 주는 겁니다. 공정위와 여당의 수사 무마."

잠시 발끈했지만, 놈의 설명이 꽤 그럴듯해 잠자코 있었다.

"그리고 이 문제는 방사청의 무능이 확실시된 사건입니다. 여당 입장에서도 발을 빼는 건 오해를 살 수 있죠."

"오해?"

"아까 말씀하셨죠. 여당은 어쩔 수 없이 국방부 편을 들 수밖에 없다고."

"그건 우리가 비리를 옹호하겠다는 말이 아니요."

"의도가 어찌 됐건 국민들은 그렇게 받아들일 겁니다."

설사 국민들이 그렇게 생각 안 해도 야당에서 그렇게 생각 하게끔 여론 몰이를 해 댈 거다.

"의원님 그러지 말고 전면전으로 가시죠."

준철은 작심한 듯 말을 이었다.

"무슨 말이요, 전면전이라니."

"아시다시피 이 사건은 한두 해 벌어진 일이 아닙니다. 저희가 입수한 자료만 8년, 감춰진 시간은 얼마나 더 있을지 모릅니다."

"그래서요."

"8년 전이면 현 정권이 집권하기 전부터 있었던 비리라는 거 아닙니까."

강 의원 얼굴이 돌연 바뀌었다.

이전 정권은 지금의 야당이었고, 엄밀히 말해 이 비리는 그 야당 집권 시절부터 이어져 왔던 문제다.

"사실 이건 정쟁이 될 만한 사건이 아닙니다. 역대 그 어떤 정부도 이 책임에서 자유롭지 못하죠."

"하지만 이미 우리가 집권하고 있는데."

"그렇다고 물러서면 독박 쓰게 될 겁니다."

"도, 독박?"

"강 의원님. 아까 분명 국방부 비리를 옹호할 생각 없다 하시지 않았습니까. 그럼 차라리 더 강하게 몰아붙이시죠."

"……."

"이 사건 이전 정권 때부터 이어진 고질적 문제입니다. 차라리 현 여당이 그걸 바로잡는 모습을 보여 주는 게 더 낫습니다."

소리를 버럭 지르려던 강 의원 말문이 막혔다.

현 정부가 출범하기 전부터 이어져 왔던 비리…… 야당도 공범이란 소리며 국민들의 질타를 두 방향으로 나눌 수 있다.

사실 지금 상황에서 집권 여당이 아주 발을 뺄 순 없었다. 야당은 방사청 내부 자료까지 폭로해 자신들을 궁지에 몰았고 당 내부에서도 진상 규명이란 말이 슬슬 오르내렸다.

만약 이걸 진압해 버리면 당은 온건파와 강경파가 피 터지게 싸우는 아수라장이 되고 만다. 정당 지지율이 추락하고 야당이 반사이익을 보는 장면은 상상만으로도 끔찍했다.

하지만 떳떳하게 잘못을 인정하고 야당까지 이 진흙탕에 끌고 들어온다면?

국민들의 비난 수위가 더 커지겠지만, 최소한 야당의 반사이익은 막을 수 있다. 또한 이 젊은 놈 말대로 썩은 관행을 뿌리 뽑았단 감투도 얻을 수 있다.

"도망가실 건가요."

준철은 복잡해진 강 의원 얼굴을 보며 슬쩍 도발적인 말을 꺼냈다.

"도망? 젊은 팀장, 주제넘은 소리 그만하지! 이건 특정 당의 비리 사건이 아니라 한국 국방부의 고질적인 문제야! 우리가 왜 도망가?!"

"저희도 그렇게 생각합니다. 따지고 보면 이 사건의 가장 큰 피해자는 국군 장병들인데, 야당은 그 문제엔 별 관심 없더군요. 어떻게든 집권당 책임으로 끌고 가려는 정치 공세로 보였습니다."

"왜 그런지 아시오? 공정위가 앞잡이 노릇해 주니까!"

가시 돋친 말이 돌아왔지만 준철에겐 눈물겹도록 고마웠다.

"그럼 저희가 앞잡이가 아니라는 걸 보여 드리겠습니다."

"뭐?"

"만약 여당이 협조해 주시면 저흰 지난 8년간의 입찰 내역을 다 들여다볼 겁니다. 현직자들은 물론, 퇴임한 방사청 관계자까지 모두 조사 대상에 오를 겁니다. 어쩌면 그 이전 자료까지 다 봐야 하죠."

"지금 은퇴한 사람까지 다 뒤집겠다는 건가? 어차피 5년 이상 된 자료는 공소시효 끝나서 처벌도 못 할 텐데."

"죄가 없어서 처벌 못 하는 거랑 시효가 끝나서 못 하는 건 천지 차이죠. 국민들도 그 차이를 알 겁니다."

방사청의 뿌리 깊은 무능을 드러내는 게 차라리 여당에게 반가운 일이다.

현 정권의 특수한 비리가 아니라 고질적인 문제로 인식되니 말이다.

하지만 사건 스케일이 커지는 것은 막을 수 없으며, 어쩌면 지금까지 누적된 모든 잘못이 현 여당의 잘못으로 둔갑될 수도 있는 양날의 칼이다.

"이거 어째 떡밥 냄새가 스멀스멀 납니다. 혹시 야당한테 사주받고 이러는 거 아니요?"

"무슨 말씀인지."

"아무리 야당 잘못이라도 사건 크게 터져 봤자 우리한텐 득 될 게 없어. 결국 나오는 소리는 지금 국방부장관 모가지 잘라라, 방사청장 옷 벗겨라 소리지. 퇴임한 놈들 처벌하라 소리 나오겠소?"

정치는 그렇게 선이 분명한 판이 아니다. 이 정도 비리가 터졌는데 잘잘못을 분명히 가릴 만큼 국민들의 시간이 한가한 것도 아니다. 아무리 과거 잘못이었다 한들 책임은 현직자들에 쏠릴 것이다.

준철은 강 의원의 은근한 눈빛이 무얼 요구하는지 단박에 알 수 있었다.

"과거 사건을 더 집중적으로 캐셨으면 하는 겁니까?"

"그래야 공평하지 않소. 좋든 싫든 책임은 우리가 져야 됩니다. 그럼 똥물은 저쪽에 더 튀어야지."

"의원님…… 이런 말씀 죄송하지만. 국민들이 보기엔 그 밥에 그 나물일 겁니다. 누구 잘못을 더 드러내느냐는 그냥 모양새의 차이죠."

"정치판에선 모양새가 본질보다 중요하오. 야당? 아무튼 집권여당 잘못이라고 전부 매도할걸. 이 사건도 보세요. 그쪽도 당당한 건 없을 텐데 눈 뒤집혀서 우릴 공격해 대잖소."

한심한 소리가 계속됐지만 어떤 면에선 준철도 고개가 끄덕여졌다.

조사하는 입장에서야 똥이냐 오줌이냐 차이지만, 이들에겐 누가 똥이고 오줌인지가 무척 중요할 것이다. 최근 보여준 야당의 행보만 보더라도 이들의 반응이 전혀 과민한 게 아니었다.

"알겠습니다. 그럼 앞으로 조사할 때마다 몇 년도에 일어난 비리인지 출처 분명히 하겠습니다. 전직 관계자들 이름도 적극 거론하겠습니다."

대답이 퍽 만족스러웠는지 그의 얼굴이 한층 누그러졌다.

"좋소. 근데 조사 수위는 어디까지 할 작정이요?"

"방사청에 한 번 다녀와 봤습니다만, 그쪽에서 자료 협조를 안 하더군요. 압수수색영장 없으면 협조 안 하겠답니다."

"팀장님 스타일 보니 그거야 눈 하나 깜빡 안 하고 받아 낼 것 같고. 구속도 시킬 건가?"

"아직은 계획에 없습니다만 필요할 수도 있습니다."

"무슨 말이지?"

"담합 사건은 들키겠다 싶으면 사건 축소 싸움이거든요.

공정거래
위원회

이제부턴 군납 업체들과 방사청 모두 규모를 줄이는 데 혈안이 될 겁니다. 증거인멸 정황이 발견되면 저는 원칙대로 할 계획입니다."

강 의원에게 원칙이란 단어는 중의적으로 들렸다.

엄정하게 조사를 하겠다는 뜻인 동시에 정치권의 눈치도 보지 않겠단 뜻이다.

"혹시 제가 조심해야 할 부분이라도."

"눈치 준다고 볼 사람 같지도 않은데 무슨. 하고 싶은 대로 하시오. 단, 현직자들이라서 더 강하게 조사하고, 전직들이라고 봐주면서 조사하는 꼴은 나 못 봅니다."

"물론이죠."

"좋소. 그럼 잘 부탁…… 아니, 공명정대한 조사 바랍니다."

강 의원이 자리를 벗어나자 김 국장의 짧은 탄식이 이어졌다.

"누가 금배지 아니랄까 봐. 부탁한다는 얘기가 습관적으로 튀어나오는구만."

"그래도 오늘 대화는 성공적인 것 같습니다. 강 의원 낌새를 보니 이 사건 덮지는 않을 것 같은데요."

"그게, 성공인가."

"예?"

"뚜드려 맞던 여당한테 비수 한 자루 넘겨준 거 아니야. 당하고만 있지 말라고. 이젠 여당 놈들도 신나게 가세할 거다."

아차차. 이 사건은 관여 안 하는 게 최고의 성공이지.

이건 성공이 아니라 재앙이다.

한 번 당했으니 이젠 여당 차례다. 그들은 이 사건이 다년 간 이어진 비리라는 걸 어필할 것이고, 최선을 다해 이전 정권에 뒤집어씌울 것이다. 당분간 9시 뉴스엔 온통 국방부 얘기밖에 없을 것이다.

공정위는 이제 그 중심에 서게 됐다.

"어떻게 생각하시나. 우리 이준철 팀장님은."

국장님의 따가운 눈총이 닿자 준철이 황송한 얼굴로 고개를 숙였다.

"……죄송합니다 국장님."

"뭐가 죄송하신데."

"어쩌다 보니 제가 또 여당을 부추긴 것 같은……."

"그 부분이야 내가 더 죄송하지. 마음 같아선 자네한테 날개라도 달아 주고 싶은 심정이야. 현 군납 업체가 200곳도 넘는다고? 현직자, 전직자…… 이거 원 조사 대상을 손가락으로 꼽기도 힘들구먼."

"……."

"그중에 하나라도 봐줬다, 뭐 했다 소리 나오면 안 돼."

공명정대한 조사.

세상에 이런 조사는 없다. 자기편에 불리하면 편파 조사고 봐주기 조사다. 양당은 또 한동안 이걸 가지고 피 터지게 싸울 것이며, 공정위를 들들 볶아 댈 것이다.

"맡겨 주시면 최선을 다하겠습니다. 최소한 편파 조사란 얘기는 안 나올 겁니다."

"뭐?"

"언론에 나간 자료만 해도 이미 방사청의 무능이 다 드러났습니다. 만약 현직 관계자들에게 직무유기 혐의를 검토하면, 전직자에게도 똑같이 적용하겠습니다."

"부디 꼭 그래 줘. 만약 여당 쪽 인사를 6시간 취조했으면, 야당 쪽 인사도 꼭 6시간 취조해. 여당한테 설렁탕 사 주고 야당한테 육개장 시켜 주면 신문에 대서특필될지도 몰라."

한 치의 빌미도 주지 말란 뜻이다.

보이는 게 다가 아니지만 그것만큼 문제 삼기 쉬운 것도 없다. 수사 과정은 물론 바깥으로 보이는 모습도 공정하게 보여야 한다.

"나가 봐."

준철이 꾸벅 인사를 하고 나자가 김 국장의 푸념이 이어졌다.

"어쩌다 저런 애물단지가 종합국으로 왔나 몰라."

"국장님 너무 염려 마십쇼. 당분간은 제가 저 녀석 넥타이 색깔도 신경 쓰겠습니다. 그리고 원체 융통성 없는 성격이라 그런 논란에선 오히려 자유로울지도 모릅니다."

"누가 그걸 걱정하는 줄 아나. 난 이거 중간에서 덮일까 봐 걱정이야."

"예? 그건 무슨 말씀이십니까."

"강 의원이 지금 야당 당사로 갈 수도 있다고."

"설마…… 여야가 여기서 합의한단 말씀이십니까?"

"그럴 가능성이 크지. 아닌 말로 폭로할 때마다 지들한텐 치명상이야. 양당이 뒤에서 합의를 했으면 했지, 이걸 계속 수면 위로 드러내겠어?"

여야의 극적 타결. 다른 말로 하면 정치 야합.

김 국장의 예상대로 흘러가면 상황은 정말 최악이다. 국방부는 아무 일 없이 정상화될 것이고, 공정위만 미운털 잔뜩 박힌 채 끝나게 된다.

"그래도 이미 야당이 판을 달궈 놨는데 합의가 이뤄질까요."

"그냥 덮지는 않겠지만 흐지부지될 가능성은 커. 보는 눈이 많으니까 상징적인 처벌로 끝낼 수 있지."

"하나 마나 한 처벌로 끝내는 거 말씀이십니까."

"이미 다 훤히 보이지 않나. 깊게 들어가면 양당이 다 치명타 입는다는 거."

"그럼…… 앞으로 외압이 심해질 수도 있겠군요."

"아무렴. 처벌 수위가 좀만 세질 거 같다 싶으면 양당에서 매일 전화가 올 거야."

이번 문제를 계기로 깨끗한 국방부를 만들자······라고 생각하는 의원이 얼마나 될까.

자성과 성찰은커녕 드러난 비리를 상대 당에게 뒤집어씌우는 데 혈안이다.

김 국장은 강 의원이 씩씩대며 찾아왔을 때부터 진정성 있는 처벌이 어렵겠구나 싶었다.

지금은 분한 마음에 강력한 처벌을 요구하지만, 나중 가선 저기도 봐주고 우리도 봐달라고 압력을 넣을 것이다. 그게 아니라면 죄지은 놈들이 이렇게 당당할 수 없다.

"그럼······ 지금 조사는 사실상 요식행위군요."

"그래. 양당에서 생각하는 '적당한' 처벌 수위가 있을 거야. 우리가 자기들 기준치를 넘는다 싶으면 바로 외압 들어오겠지. 그러니까 오 과장 정신 똑바로 차려야 돼."

"······예?"

"융통성이라곤 쥐꼬리만큼도 없는 놈. 여기다 써먹지 어디다 써먹나? 주변 요소 고려 말고 소신껏 조사하라 그래. 우린 그놈이 앞만 보고 갈 수 있게끔 바람만 막아 준다."

오 과장은 아연실색했다.

"국장님 제가 아까 앓는 소리를 좀 했습니다만······ 이놈은 진짜 소신이 너무 뚜렷한 놈입니다. 가만 두면 국방부장관까지 날릴 수도 있습니다."

"잘됐네. 썩은 관행 뿌리 뽑으려면 장관 정도는 갈아 치워야지."

"……진심이십니까."

"그럴 마음 없었으면 강 의원 앞에서 나불대지도 못하게
했어."

"……."

"내가 경고하고 싶은 건 하나야. 알아서 기지 마. 이 정도
면 정치권에서 불편해하겠지, 이 정도면 공정위가 위험해지
지 이딴 거 하지 마. 외압은 내 선에서 막는다."

오 과장은 더 이상 같은 질문을 하지 않았다. 아무래도 국
장님은 이미 결심이 선 것 같았다.

질 끝판왕 사망

한명그룹
김성균 본부장

여야, 서로를 용서하다

여당은 대국민 사과문으로 송구스럽단 표현을 세 차례나 언급했지만, '하지만' 이후부터 목소리가 커지기 시작했다.

―……하지만! 이 부조리한 관행은 어제오늘 일이 아니었습니다. 국방 부의 만성적인 무능을 드러낸 사건입니다.

사안이 이러한 때에 야당은 오로지 정쟁을 벌이는 데에만 혈안입니 다. 이전 정권에서도 같은 비리가 이어져 왔는데 자성과 성찰의 목소리 는 찾아볼 수 없었습니다. 마치 피해자인 척 사실을 호도하고, 여론 몰이 를 해 나가고 있습니다.

존경하는 국민 여러분.

하지만 저희는 집권 여당으로서 더 이상 무책임한 모습을 보이지 않겠습니다. 장병들의 식탁을 우롱한 군납 업체를 드러내고 그에 대한 책임을 반드시 묻겠습니다. 이 진상 규명에는 전직자, 퇴임자도 자유로울 수 없을 겁니다.

저희 여당은 이번 문제를 국방 개혁의 계기로 삼겠습니다.

여당의 도발적인 담화문은 또다시 여의도에 파란을 불러왔다.

발표 직후 야당은 즉각 '정치공세' '물타기'라 비판하며 열을 올렸지만, 자신들을 둘러싼 의혹에 대해선 시원한 해명이 없었다.

─무책임의 극치! 이게 과연 집권당이 할 말인가!

─엄정 수사 촉구! 국방부장관 사퇴!

─엄정 수사 찬성! 과거의 비리까지 모두 진상 규명!

─거부하는 자가 범인이다! 책임자 모두 엄벌!

SNS으로 전장을 옮긴 양당은 수시로 치고받으며 엄정 수사를 촉구했다.

사실 양당 의원들의 설전은 총기 난사에 가까웠다.

과거 국방부 관계자 및 군납 업체들을 줄줄이 나열하며 행적들을 낱낱이 고발하고 있었으니 말이다.

"확실히 여의도 정보통이 좋긴 좋네. 이건 뭐 정식 조사 들어가도 알 수 없는 얘기가 다 쏟아져 나와.”

“그러게요. 사실상 조사는 의원님들이 다 해 주고 계셔. 우리가 딱히 할 일이 있나요?”

반원들은 이 막장 판에 즐거운 비명이 나왔다.

한 치의 수상한 행적이라도 나오면 양당 의원들이 없는 얘기까지 보태서 언론에 떠들어 준다.

덕분에 이미 군납 업체들의 비리 규모가 정리됐으며, 품목이 무엇이었는지도 명확해졌다.

“팀장님. 우리 오늘 방사청 가는 게 의미가 있나요? 지난번처럼 괜히 문전박대나 당하지. 좀만 더 기다리면 양당 의원들이 증거자료도 가져와 줄 것 같네요.”

“오늘은 좀 다를 겁니다. 방사청이 지금 저희 문전박대할 군번은 아니니.”

“근데 자료 압수할 게 또 있습니까? 이미 언론에 다 파다하게 퍼져서 뺏어 올 것도 없는데.”

“아직 저희한테 정식으로 온 건 없잖아요. 그리고 저흰 군납 업체 집합시켜서 입찰 담합을 어떻게 했는지도 들어 봐야죠.”

조사가 수월해졌다고 어깨도 가벼워진 건 아니다. 사실 본 게임은 지금부터 시작이다.

만약 군납 업체들이 허술한 방법으로 담합을 했다면, 담당자의 직무유기도 검토해 봐야 한다. 그때부턴 칼바람이 피바람으로 변하겠지. 어쩌면 더 막중한 임무일지도 모른다.

다행히 반원들이 다시 방사청에 도착했을 땐 한결 협조적인 관계자들을 만날 수 있었다.

지난번엔 구경도 못 해 본 방사청장이 자리에 나와 있었고, 당시 목소리를 높였던 차장 놈은 찌그러진 얼굴로 땅만 바라봤다.

"지난번에 영장을 가져오라 하셔서 자료를 하나도 못 받아 갔습니다. 오늘은 주실 수 있나요."

방사청장은 옆 편에 있는 사내에게 쏘아붙였다.

"김 차장. 지난 일 정식으로 사과드려. 수사기관에서 정당한 자료를 요구했는데, 그게 무슨 무례한 행동이야."

"……죄송합니다. 팀장님. 그때는 결례가 많았습니다."

속에선 웃음만 났다.

일개 차장이 믿는 구석도 없이 공정위에게 무례하게 대했겠나. 방사청장이 그러라고 시켰으니 수족처럼 움직였겠지.

"모두 나가 봐."

간부들을 모두 내보내더니 그가 고개를 꾸벅 숙였다.

"일전의 얘기는 들었습니다. 제가 직원 교육을 잘못시켰더군요. 팀장님껜 다시 한번 사과드리겠습니다."

"괜찮습니다. 한데 자료는……?"

그는 옆에 있는 서류 뭉치를 가리켰다.

"이미 준비해 놨습니다. 공정위에서 요구한 10년 치 입찰 자료요."

"네. 그럼."

"잠시만요! 팀장님, 하나만 물어봅시다. 이거 진짜 다 뒤집어 볼 겁니까."

"조사 안 할 거면 저희가 왜 준비하라 했겠습니까."

"이런 말 하기 뭣하지만 이 자료 중엔 이미 시효가 지나서 처벌 못 하는 담합도 있습니다. 혹시 정치권 눈치 때문에 이러는 거면 적당히 부탁드립니다."

준철은 딱한 눈빛으로 그를 쳐다봤다.

그 정치권을 누가 설득했는지는 아직 모르는 모양이다.

"적당히요?"

"현재 공정위가 담당자의 직무유기까지 검토하고 있는 것으로 압니다. 한데 단연코 직무유기는 없어요."

"그럼 군납 비리가 어떻게 이리 오래 지속된 겁니까?"

"신경을…… 많이 못 썼을 뿐이요."

"그게 직무유기잖아요."

"제가 무슨 부탁하는지 아시지 않습니까."

직무유기는 담당자의 판단에 따라 혐의를 걸 수도 안 걸 수도 있다. 한마디로 최대한 좋은 쪽으로 생각해 달란 부탁이다.

"저희가 무능했습니다. 하지만 고의적이진 않았습니다. 퇴임한 사람들은 봐주시죠."

"글쎄요. 현재 여야가 엄정 수사를 요구해서…… 무작정

덮기엔 저희가 난감합니다."

"정치권도 지금 감정이 격해져서 그렇지 막상 일 커지는
건 원하지 않아요."

준철이 계속해서 딴청을 피우자 그가 비장한 얼굴로 봉투
하나를 꺼냈다.

"이게 제가 보여 드릴 수 있는 최고의 진정성이라 생각합
니다. 제 사직섭니다. 이 사건이 어떻게 끝나든 저는 책임지
고 옷 벗을 겁니다. 그러니 남은 직원들이라도 안전하게 해
주십쇼."

철썩같이 믿던 여당마저 자신들에게 등을 돌렸다. 그냥 돌
린 게 아니라, 바깥에서 몽둥이를 주워 와 곡소리 나도록 쥐
어 패고 있었다.

이는 철저히 거리를 두겠단 뜻이며 이제 더 이상 안전지대
는 없다.

"이게 끝입니까?"

"……예?"

"여당 입에서 국방 개혁 소리 나올 정도로 사태가 커졌는
데 겨우 청장님 사퇴 가지고 끝나겠어요?"

최소한 국방부장관의 사퇴 정도는 돼야지.

"……그래서 제가 부탁드리는 거 아닙니까. 비리에 연루된
군납 업체, 엄정하게 처벌해 주세요. 두둔할 생각 없습니다.
하지만 직무유기는 결코 아닙니다."

준철은 무심한 얼굴로 서류 하나를 뽑았다.

잠시 검토하는가 싶더니 허탈한 웃음을 터트렸다.

"직무유기가 왜 없습니까. 이렇게 슬쩍 자료 하나 뽑아 봤는데도 벌써 보이네요."

"그게 무슨……."

"전방 사단 두 곳에 납품하는 소시지는 단독으로 입찰을 했네요?"

"그건 규모 1억도 안 되는 소규모 납품이었습니다. 경쟁자가 없어서 입찰자를 정한……."

"청장님. 공사장에서 함바집 하나 선정하는데도 밥집 수십 곳이 달려들어요. 경쟁자가 없다는 게 말이 됩니까."

절대로 말이 안 된다. 군납은 명실상부 공공기관 사업으로 기업 이미지를 올릴 수 있는 절호의 기회다. 세상에 절실한 사람들이 얼마나 많은데 중소 식품사가 이 기회를 놓쳤을까.

설사 정말로 경쟁자가 없다 하더라도 이건 사업권을 줘선 안 된다. 공공 기관 사업은 철저하게 단독 입찰을 금지하기 때문이다.

"이렇게 1억, 2억짜리가 합쳐져 300억대 비리가 된 거겠죠. 저희는 철저히 원칙대로 조사할 겁니다. 어쩌면 전 현직 관계자들한테 구속영장이 나갈 수도 있습니다."

"구, 구속이라뇨. 그건 무슨 말입니까."

"새삼스럽게 무슨. 이렇게 단독 입찰해서 사업권 따낸 식품사들, 이게 관계자들 친인척 회사인지 아닌지 누가 압니까. 방사청 직원 모두 저희한텐 요주의 인물들입니다."

방사청장은 얼이 빠져 한마디도 대꾸하지 못했다.

이건 겨우 직무유기가 아니라 청탁 관계도 의심하고 있단 거 아닌가. 등에서 식은땀이 흐르고 손이 달달 떨렸다.

어디서부터 잘못됐을까.

공정위한테 자료 내주지 말라고 지시 내렸을 때부터? 아니면 그놈의 국감에서부터?

"혹시 지난번 일 때문에 이러시는 거면 제가 다시 사과드리겠습니다."

"기억도 안 납니다. 방사청에 사심 없어요."

"그럼 대체 왜 이러시는 겁니까? 팀장님. 젊어서 모르는 모양인데, 이건 딱히 정치권에서 원하는 액션이 아닙니다. 여야는 지금 서로 잠깐 감정이 격해졌을 뿐이라니까요."

"상관없습니다. 어차피 서로 발도 빼지 못할 테니."

"뭐, 뭐라고요?"

"그럼 이만."

준철은 진정성이 듬뿍 담겼다는 그의 사직서만 남기고 모든 서류를 압수했다.

악감정이 있다면 박성택한테 더 있겠지, 방사청에게 있겠나. 물론 방사청에도 동정심은 들지 않았다. 군납 업체한테 바가지당했으면 최소한 품질이라도 좋던가. 납품은 개판이었고, 일선 부대에서 보고된 식중독은 취사병의 잘못으로 뒤집어씌우기까지 했다.

'전쟁 나면 간부부터 쏜다더니……'

전역한 지 수십 년이 지났지만, 아직도 그 맛없는 짬밥 맛은 잊히지가 않는다.

❧

−갈수록 가관, 군납 업체 수상한 입찰 143건.

−최소한의 원칙도 어겼다. 그중 23건이 단독 입찰로 밝혀져.

−공정위, 방사청 관계자들의 친인척 회사일 가능성 거론.

−모든 가능성을 열고 조사에 임할 것.

중간 조사 발표는 불난 집에 기름을 부은 격이었다.

공정위는 방사청의 무능한 업무 처리를 낱낱이 보고하며 또다시 여론에 불을 지폈다. 사실 이건 무능의 범위가 아니었다. 단독 입찰자에게 사업권을 준 건 명백한 위법행위로 사법 처리 대상이다.

공정위는 언론사를 통해 직무유기 혐의를 검토하고 있다 알렸고 전·현직 방사청, 국방부 관계자들에게 소환장을 날렸다.

－없는 이름이 없네!

덕분에 전직 국방부장관 이름도 알게 됐다. 야당은 깨끗한 척하더니 단독 입찰 건수가 더 많아?

－싸그리 다 조사해라!

이건 무조건 친인척 회사지. 공공기관 사업에 어떻게 기업 단독 입찰이 나오냐? 그것도 23건이나?

발 빠른 언론사는 현직 취사병을 취재해 부실 급식의 실태를 폭로했다. 전역한 예비역까지 찾아가 부식 상태가 얼마나 불량인지 보도했다.

덕분에 9시 뉴스는 온통 국방부 소식으로 도배되었고, 관계자들의 출석 당일엔 생방 보도까지 되었다.

－하실 말씀 없습니까?

"……국민 여러분께 송구스럽습니다. 조사에 성실히 임하겠습니다."

－하실 말씀 없습니까?

"……죄송합니다."

그렇게 여론이 전부 달아올랐을 때.

여의도 당사에선 아주 내밀한 회담이 진행되고 있었다.

"공정위가 기어코 직무유기까지 적용시킬 모양이군."

"그러게요…… 이건 좀 선을 넘는 거 아닙니까."

공정거래
위원회

여야 중진 의원들이 모인 자리.

국방부 관계자들이 모조리 다 소환되자 더 이상 두고 볼 수만은 없었다. 강 의원은 긴 한숨을 내쉬며 박성택에게 말했다.

"박 의원. 저 사람들 처벌되면 결국 우리 얼굴에 침 뱉는 겁니다. 이 싸움 계속하실 거요?"

"강 의원님. 그 소린 제 입에서 나와야 하는 거 아닙니까? 제가 국감에서 지적했던 대로 담합 실체가 만천하에 드러났습니다. 언제까지 이전 정권 운운하며 물귀신 작전 쓸 겁니까."

날 선 반응이 돌아오자 여당 의원들이 격렬하게 반발했다.

"물귀신은 얼어 죽을! 당신이 국감에서 똥볼 찬 걸 왜 우리 탓해."

"뭐요? 똥볼?"

"청탁받고 업체 선정했다면서? 이걸 방사청 잘못으로 무리하게 끼워 맞추다 이 지경까지 온 거 아니요."

"말은 바로 합시다. 내 추측이 과한 부분은 있었지만 상당수 비리가 사실로 드러났어요. 아닌 말로 이 문제를 방사청이 하나도 몰랐다는 게 말이 돼? 당연히 청탁을 의심할 수밖에 없었지."

"그래서 이전 정권은 유능했습니까. 그땐 방사청이 일 잘했냐고?"

"하여간 뭐만 하면 남 탓, 이전 정부 탓! 의원님들은 집권

당으로서의 책임감도 없습니까? 국민들은 이런 모습에 실망하는 거요."

"그럼 국민들이 진짜로 원하는 거 합시다. 진상규명! 죽을 거면 같이 죽어!"

이판사판 아사리판이다.

감정이 격해진 의원들은 언성을 높였고 서로 삿대질까지 해 댔다.

"이게 어따 대고 삿대질이야!"

"뭐? 이게? 야 이 쉐끼야. 너 몇 살이야?"

"이 바닥에서 나이 얘기가 왜 나와? 너 사시 몇 기야?"

"초선이 어디서 재선한테 말을 함부로 해."

온통 한심한 대화들이었지만 다들 사시, 행시, 판사, 검사 출신들의 초엘리트들이었다.

"다들 그만!"

결국 강 의원이 책상을 치며 분위기를 제압했다.

"그래서 서로 합의점을 찾아보자고 오늘 모인 거 아니요. 알다시피 이대로 가면 양당 모두 파멸입니다. 꼬리 내리는 놈이 범인이라고 특검 얘기까지 거론되고 있소. 근데 진짜 서로 끝장 볼 겁니까."

박성택도 이번만큼은 되받아치지 않았다.

아무리 여당이 밉다 한들 자신을 희생하면서까지 공격하고 싶지 않았다. 여당의 피해가 더 확실하다면 모를까. 현 사건은 내부에서도 그 밥, 그 나물 소리가 나오는 반반 사건이다.

"그건…… 우리도 바라지 않습니다."

"고맙소, 박 의원. 그럼 우리 오늘은 좀 마땅한 대책을 논의해 봅시다. 나 사실 박 의원에게 묻고 싶은 말이 많은데…… 먼저 해도 됩니까."

"말씀하세요."

"공정위가 군납 업체 처벌로는 모자라 이제 관계자들까지 소환해 처벌하겠답니다. 혐의는 직무 유기로. 이거 혹시 야당에서 지시 내린 겁니까?"

"사실 그 부분은 우리도 예상치 못했어요."

"그럼 공정위의 단독 행동이요?"

"그 담당자가 원래 그러는 놈입니다. 건수 하나 잡히면 물불 안 가리고 덤비는 놈."

긴 설명이 필요 없었다.

여당은 이미 금리인하권 때 된통 당해 본 전력이 있었고, 그게 공정위 작품이라는 것도 알았다.

박성택이 준철에 대해 간단히 설명하자 여야 가릴 것 없이 원성이 쏟아졌다.

"하룻강아지 범 무서운 줄 모른다더니! 젊은 놈이 세상 무서운 줄 모르고 나대네."

"사실 상황이 너무 이상하게 흘러왔어요. 원래 여야가 치고받으면 수사기관이 좀 중재도 해 줘야 하는데, 오히려 기름을 붓고 있어."

"이건 일부러 우리끼리 쌈 붙인 거 아니야?"

이성을 잃고 상대의 치부를 폭로했는데, 결과적으로 양당 모두 국민들의 신뢰만 잃었다. 여론은 강력하게 담당자 처벌을 요구한다. 공정위가 무슨 처벌을 내린다 해도 두 팔 벌려 환영할 분위기였다.

"그럼 막아야지! 군납 업체야 실형을 때리든 사형을 때리든 상관없지만 관계자들 처벌은 사실상 우리를 처벌하는 것과 다름없습니다."

"그것도 무슨 횡령이나 청탁이면 말을 안 해! 직무 유기 같은 실체도 없는 죄 뒤집어씌우는 건 용납 못 합니다."

여야는 또 이런 얘기를 할 땐 화합이 빨랐다.

서로를 향하던 적개심이 곧 공정위를 향했고, 여기엔 이견이 나오지 않았다.

강 의원은 양당 의원들의 반응을 살피며 입을 열었다.

"박 의원님. 아무래도 미친 망아지부터 먼저 해결하는 게 순서 같습니다. 여야 서로 총질 그만하는 게 어떻소."

"그건…… 저희도 동의합니다. 한데 이제 와 수습이 될까요. 우리끼리 너무 싸웠는데."

"할 수 있는 것부터 합시다. 공정위의 직무 유기 검토는 누가 봐도 과잉 처벌이오. 우리 관계자들이 다치면 안 됩니다."

"이제 와 하는 말이지만 나는 안보 공백도 심히 우려스럽

공정거래
위원회

습니다. 아닌 말로 내부에서 계속 피바람 부는데 일이 손에 잡히겠습니까? 국방부 정상화해야죠."

양당은 거창한 이유까지 들어 가며 빨리 화해해야 함을 강조했다.

모두 격하게 찬성하는 얘기들이었지만 박성택 얼굴은 달랐다.

"경험자로서 말씀드리면 쉽지 않을 겁니다."

"쉽지가 않다니?"

"내가 그 담당자 이준철이란 놈을 누구보다 잘 알아요. 우리가 따끔하게 경고해도 귓등으로 들을 타입이죠."

강 의원은 슬쩍 웃었다.

"그래 봤자 일개 공정위 팀장이요. 아닌 말로 우리가 미친 망아지 한두 번 봅니까. 혈기 넘치던 평검사, 명예욕 넘치던 검찰총장 그보다 더한 놈도 상대해 봤소. 근데 여야가 합심하면 무서운 놈이 없었지."

"생각해 놓은 방법이라도 있습니까?"

"뭐 미친 망아지를 직접 상대할 필요 있소? 그 위엣놈 찾아가서 경고 한번 하면 되지. 어차피 조사 권한은 팀장에게 있는 게 아니라 국장에게 있는 거요."

"글쎄요…… 저는 그 국장 놈도 대화가 안 통할 것 같은데요. 정치권 눈치 볼 줄 아는 놈이었으면 애초에 나대지도 못하게 했겠죠."

꽤 일리 있는 지적이었으나 강 의원의 여유는 그치지 않았다.

"그렇다고 우리가 차선책이 없겠소. 어차피 공정위가 조사 깊게 하려면 검찰 협력 필요해요. 근데 그 검찰들 다 조사에 미적지근할 거야."

"설마 다 손을……?"

"아직 쓰진 않았지만 야당이 협조하면 닿는 줄 다 동원할 계획이요. 이건 야당의 협조도 필요합니다."

공정위는 조사권이 있지만 수사권이 없다. 검찰 없이 기소도 못 하고, 영장도 못 친다.

굳어 있던 박 의원 얼굴도 그제야 조금씩 풀렸다. 친정이 검찰인 국회의원들이 얼마나 많은가. 각자 닿는 연줄 모두 동원하면 무마하는 것쯤이야 일도 아니다.

"물론 그렇다고 완벽히 끝나는 게 아닙니다. 여론이 더 중요해요. 뉴스는 계속 떠들썩하게 나가는데 검찰만 수사 안 해 봐. 역풍이 불겠지."

"하면 이제부턴 우리도 여론 관리를 해야겠군요."

"그래요. 우리 이제 서로 사격 중지합시다. 온건한 메시지 내며 함께 정국 돌파해 봅시다.

강 의원이 손을 내밀자 박 의원이 식구들 얼굴을 살폈다.

야당 의원 모두 입맛을 다시며 그의 손만 바라봤다. 거국적으로 합의하고 얼른 끝내자는 뜻이다.

"그럼 이틀 안으로 우리 입장 정리해서 언론에 발표하겠습니다."

"고맙소. 그럼 우리도 같은 날에 비슷한 발표하리다."

"앞으로 잘 부탁드립니다."

"우리도 잘 부탁합니다."

두 사람이 손을 맞잡자 주변에서 열렬한 찬성 박수가 터져 나왔다.

❧

－일련의 사태는 국가적 재난이라 할 만합니다. 같은 비리가 오랫동안 이어져 왔단 점에 있어 저희 야당 또한 내부를 돌아보게 되었습니다. 하지만 우리에겐 더욱 중요한 미래가 있습니다. ……(중략)…… 엄정한 법 집행과 별개로, 여야가 이 문제에만 골몰하는 건 안보 공백을 자초하는 일입니다.

국방 개혁을 외치던 야당이 돌연 안보 공백을 들먹이기 시작했다. 이에 화답하듯 여당도 자성의 목소리를 냈고, 의원들의 SNS는 검열이라도 당한 듯 하루아침에 조용해져 버렸다.

정치권의 야합 부작용은 현장에서 즉각 나타났다.

"예? 전직 관계자들 소환장이 반려돼요?"

"네…… 담당 검사가 직무 유기는 아닌 것 같다고……."

"아니 그걸 왜 자기들이 판단합니까. 조사는 우리들이 하고 있는데."

"담당 검사도 뚜렷한 해명을 못 하더군요."

"재청구해 주세요. 이번엔 월권하지 말란 경고도 함께 해 주세요. 전속고발권은 우리에게 있습니다."

검찰에겐 기소독점권이 있지만, 공정위에겐 전속고발권이 있다. 공정위가 기소나 소환 요청을 하면 검찰이 무조건 이에 응해야 한다.

검찰이 각 기관의 권한에 대해 모르진 않을 터……. 설마 사건 그만두라는 암묵적 협박일까?

김 반장이 재청구마저 거부당했다는 소식을 들고 왔을 때 준철은 책상을 내리치며 자리에서 일어났다.

"어디 가세요, 팀장님!"

"검찰이 아니라 법무부로 가야겠습니다. 담당 검사가 대놓고 직무 유기를 하네요."

"고정하세요. 우리 지금 방사청도 직무 유기로 치는데, 어떻게 검찰까지……."

"맞아요, 팀장님! 남들이 보기엔 우리가 미친놈으로 보일 겁니다."

"누가 진짜 미친놈인지는 국민들이 판단해 주겠죠. 언론사도 다 동원할 겁니다."

"그만!"

반원들이 뜯어말릴 때, 오 과장의 목소리가 들렸다.

그는 수북이 쌓인 수사 자료를 한번 보더니 긴 한숨을 내쉬었다.

"이 팀장, 잠깐 국장실로 올라와."

ॐ

방사청의 직무 유기를 검토하는 시점에 왜 검찰마저 직무 유기를 할까.

국장실에 도착하니 이 넌센스한 상황이 단번에 이해가 되었다. 박성택과 강 의원이 사이좋게 찾아와 찻잔을 들고 있는 것이다.

"아이고. 또 뵙습니다, 이 팀장님. 요새 여기저기 쑤시고 다니느라 바쁘시죠."

박 의원은 기분 나쁜 웃음을 흘리며 찻잔을 내려놨다. 국장님의 굳은 얼굴만 봐도 이 두 사람이 무슨 말을 했을지 짐작이 갔다.

"뭐 다들 바쁘실 테니 긴 설명 안 하겠습니다. 그만해요."

박성택이 명령조로 말했다.

"여야가 좀 감정이 격해졌으면, 수사기관이 중재도 하고 말릴 줄도 알아야지. 이때다 싶어 난장판 만드는 건 누구한테 배웠나 그래?"

"……."

"뭐 국장님 들으라고 한 소리는 아닙니다. 근데 국장님도 잘하신 건 없어요. 실무자들이 선을 넘는다 싶으면 재량껏 중재하셨어야죠."

"이하동문입니다. 국방 개혁 못지않게 안보 공백도 중요한 문제요. 원만히 수습하고 하루빨리 국방 정상화시키자는 게 여야의 공통 입장입니다."

헛소리를 참 길게도 한다.

한마디로 그냥 덮으라는 거 아닌가.

마음 같아선 썩 꺼지라고 악다구니를 쓰고 싶었는데…… 그럴 수 없었다. 그건 이 자리의 대표인 국장님을 무시하는 처사다.

사실 여기까지 올 수 있었던 것도 다 국장님의 묵인 덕분이었다. 어떤 결정을 내리든 원망하고 싶지 않다.

"저런…… 함께 죽겠다 싶으니 그냥 서로를 용서하셨군요."

"뭐?"

"강 의원님. 얼마 전만 하더라도 야당에 똥물 더 튀겨 달라 뭐 해 달라 하셨었는데…… 이제 와 이러시니 제가 어느 장단에 맞춰야 할지 모르겠습니다."

하지만 김 국장 입에선 슬슬 약 올리는 말이 나왔다.

찢어진 면지부

"김 국장, 어째 말씀에 뼈가 있는 것 같습니다? 다 지나간 일을 굳이 언급하는 이유가 뭐요."

"아, 지나갔군요. 저는 진행 중인 걸로 알고 있었습니다."

"자꾸 말씀 배배 꼬실 거요?"

약이 바짝 오른 두 사람과 달리 김 국장은 여유로웠다.

"그럼 단도직입적으로 말씀드리겠습니다. 원칙대로 하게 해 주십쇼."

"뭐?"

"세상 모든 범죄는 못 잡아도 눈에 보이는 건 잡아야죠. 군 납 업체 담합은 못 덮습니다."

"누가 지금 그걸 덮어 달래? 처벌은 담합 모의한 업체들로 끝내! 직무유기다 뭐다 해서 관계자들 잡아넣지 말고!"

김 국장은 준철에게 눈을 돌렸다.

"이 팀장. 지금까지 담합으로 의심되는 입찰이 몇 건이야."

"……총 50건 정도 됩니다."

"그중에서 단독으로 입찰해서 사업 따낸 놈들은?"

"22건입니다. 파기된 과거 자료까지 조사하면 더욱 늘 수도 있습니다."

준철의 보고에 두 사람 얼굴이 썩어 들어갔다.

공공사업은 100만 원짜리 사업도 단독 입찰을 엄격히 금지한다. 그게 벌써 22건이나 발견되었다는 건 최소한의 원칙도 안 지켰다는 뜻이다.

"의원님. 이래도 직무유기가 아닌지요."

"……그러니까 이제부터 잘하면 되지 않소. 방사청은 내부 규정 강화하고, 공정위는 군납 업체 처벌해요. 이쯤 해도 충분히 개선할 수 있습니다."

"그렇게 보여 주기식 처벌한다 해도 여론의 관심은 못 돌립니다."

"뭐?"

"국민들도 바보가 아닙니다. 지금 이 마당에 군납 업체 과징금이 중요하겠습니까. 그 큰 비리를 방사청이 왜 못 막았는지, 그래서 담당자를 어떻게 처벌할 건지. 모두 다 관심이 거기에 쏠려 있습니다."

양당의 속내가 훤히 들여다보인다.

피 터지게 싸우긴 했겠다, 결과물은 있어야겠다. 그러니 업체들한테 중징계 내리고 국민들 앞에서 생색내고 싶겠지.

"그러니까 우리 뜻대로 하기 싫다는 거군."

"이해해 주십쇼. 이건 도둑놈 못 잡은 경찰관의 문제가 더 큽니다. 방사청은 책임에서 자유로울 수 없습니다."

박성택 의원은 입술을 파르르 떨더니 준철을 노려봤다.

"예상대로구먼. 어떻게 일개 팀장이 저리 설치고 다니나 했는데, 여기 든든한 뒷배가 있었어."

"네. 팀장급이 무슨 권한으로 이걸 조사하겠습니까. 다 제 지시였죠."

"그럼 그 지시에 대한 대가도 당연히 각오하고 있겠지?"

더 이상의 대화는 의미가 없다.

박성택은 엉덩이를 들었고 이젠 김 국장을 노려봤다.

"공권력 함부로 남용하면 항상 부메랑으로 날아옵디다. 지금은 공정위가 방사청 과거 자료를 털지만 상황은 언제든 뒤바뀔 수 있소."

"뭐 이렇게 공명정대하게 조사하는 걸 보니, 재임 자료가 다 깔끔하신 분인가 봅니다. 앞으로 많이 기대하겠소."

두 사람은 노골적인 협박을 남기며 자리를 떠났다.

"고약한 양반들이군. 다음 국감에선 내 재임 자료가 터지려나?"

"구, 국장님."

"됐어. 어차피 내년쯤 은퇴할 생각이었다. 뭐 골프 치러 다니는 데까지 쫓아오진 않겠지."

담담한 어투로 말했지만 준철과 오 과장은 이미 사색이 됐다. 재임 자료 털어서 먼지 안 나오는 사람이 어디 있겠나. 국장은 수십 가지의 보고를 듣는 자리며, 그중엔 증거불충분, 과장 제보 등으로 진행시키지 않은 사건도 많다.

"딴생각하지 마라. 요즘엔 TV만 틀면 국방부 뉴스야. 우리 이거 빨리 수습해야지. 이 팀장, 검찰한테 면박당했단 얘긴 뭐야?"

국장님의 호통 소리에 정신이 번쩍 들었다.

"예. 전직 관계자 두 명과 현직 방사청장을 소환하려 했는데 검찰이 거부했습니다. 직무유기로 판단하기엔 애매하다고……."

"그게 왜 애매해? 단독 입찰 건이 이렇게나 많은데."

"모르겠습니다. 뭐라 뭐라 설명하긴 하는데 도통 알아들을 수 없었습니다."

김 국장은 혀를 찼다.

직무유기로 고발을 했는데, 담당자인 검찰도 직무유기를 해 버린다. 무슨 그림인지 단번에 이해가 된다.

"저 영감들이 또 연줄 동원했구먼. 하루만 기다렸다 다시 해 봐. 그때쯤이면 얘기 다 정리될 거다."

"알겠습니다."

"근데 왜 세 명만 소환했어. 10년 치 자료를 다 뒤집었다며?"

"공소시효 남아 있는 게 딱 거기까지였습니다. 전직자 두 사람과 현직 방사청장. 물론 그 전 사건에 대해선 공소권 없음으로 조사 종결했다고 따로 발표할 계획입니다."

"그 전직자 두 명은 어느 정권 사람이냐."

"모두 이전 정권입니다."

"그럼 뭐 뒷말 안 나오겠네. 말한 대로 진행해. 근데 너무 많은 걸 바라진 마라. 청탁 같은 명백한 비리는 없으니 잘해 봤자 집행유예야."

준철은 사실 집행유예도 바라지 않았다. 고위 공직자들의 처벌 사례를 살펴보면 무죄로 끝날 가능성이 훨씬 더 컸다.

하지만 이건 무죄도 무죄가 아니다.

두 명의 전직자는 검찰 포토 라인에 서게 될 것이며, 기나긴 법정 싸움을 피할 수 없다. 더 불쌍한 건 현직 방사청장이다. 여론의 관심은 현직자에게 쏠릴 수밖에 없으니 검찰 수사는 물론 그는 불명예 퇴진까지 당해야 한다.

하지만 그보다 더 불쌍한 건 현직 국방부장관이다.

사상 초유의 군납 비리 사건에 장관이 마냥 침묵을 지킬 순 없다. 게다가 그는 국감에서 열렬히 방사청을 두둔한 원죄도 있다.

너무 무능해서 청탁까지 의심해 볼 수밖에 없었던 사

건······.

과연 여기에 대한 그의 대답은 뭘까.

"또 보고할 거 있나?"

"군납 업체 처벌 정했습니다. 업체 총 47곳에 과징금 300억과 입찰 제한 2년을 부과할 생각입니다. 챙긴 돈에 비해 그렇게 과한 처벌은 아니라 이 정도면······."

"그건 나한테 따로 보고 안 해도 돼."

업체들 처벌은 사실 국민들 관심 밖이다. 기업이야 이윤 추구가 목적인 놈들인데 당연히 치사한 짓 많이 했겠지. 하지만 그 도둑놈을 잡지 못했던 경찰관은 참아 주려야 참아 줄 수가 없다.

"아, 예. 알겠습니다."

"또 있나?"

"없습니다."

"좋아. 그럼 나가 봐. 당분간 고생 좀 해 주고."

준철이 꾸벅 인사를 하고 나가자 오 과장이 참고 있던 말을 꺼냈다.

"국장님 정말 이대로 진행하실 겁니까?"

"왜?"

"여야가 합심하면 없는 죄도 만들어 낼 수 있습니다. 그놈들이 재임 자료까지 운운하고 갔는데······."

"난 또 뭐라고. 오 과장, 뭔 걱정을 사서 하냐."

공정거래
위원회

"예?"

"저것들 오붓한 시간이 얼마나 갈 것 같아. 한 달? 두 달? 아니, 다음 주도 장담 못 해. 코앞이 선거 날인데 합심은 얼어 죽을."

선거도 오래 본 거다. 그 전에 비리 사건 터지면 누구보다 열렬히 싸울 사람들이다. 물론 그게 아니더라도 그들의 요구는 들어줄 생각이 없었다.

국민 관심이 최고조에 이르렀는데 여기서 덮으면 순장당하겠단 뜻이다. 설사 그런 목적으로 왔으면 좀 공손하게라도 찾아오든가. 공정위를 들러리 취급하던 두 사람 모습이 아직도 괘씸했다. 공무원을 일개 시종으로 생각하는 전형적인 여의도 마인드다.

"그냥 원칙대로 해. 내부 규정을 강화하느니 뭐 하느니 다 책임 회피하겠단 소리야. 윗놈들 모가지 안 날리면 무조건 재발한다."

"하면…… 어디까지 날리실 계획입니까?"

"그림으로 보면 국방부장관이 사퇴하는 게 맞지. 국감에서 아주 자신만만하게 두둔해 줬잖아."

하지만 말처럼 쉽지 않은 문제다. 장관의 거취는 사실상 청와대가 결정한다. 특히나 국방부처럼 위계질서가 분명한 조직이라면 더욱더.

근데 정권의 흠이 될 수도 있는 장관 사퇴를 청와대가 결정해 줄까?

"뭐 너무 깊게 가지 말자고. 방사청장 사퇴로도 상징적인 처벌은 한 셈이니까."

김 국장은 어깨를 으쓱하더니 서류를 뒤적거렸다.

"근데 생각보다 처벌 수위가 약하네. 입찰 제한 2년이야 당연한 거고 과징금 300억? 저놈이 혹시 나 생각해서 수위 조절한 건가?"

"……그건 아닐 겁니다. 담당 검사가 소환장 반려시키니 바로 법무부로 뛰쳐가려 하더군요. 직무유기로 담당 검사를 신고한다나 뭐라나…… 법무부 감찰실로 가려던 거 제가 뒤통수 잡고 겨우 끌고 왔습니다."

김 국장은 웃음을 터트렸다. 그놈이라면 법무부 감찰실뿐 아니라 감사원도 갔을 것 같다.

"사실 처벌 수위도 약한 편이 아닙니다. 얘기 들어 보니 업체들이 너무 많아 최대치로 못 때리고 적당치로 때렸다더군요."

"역시 일머리는 좋네. 그래, 여러 기업 처벌할 땐 긴 싸움 피하는 게 최고지."

"네. 이 정도면 군납 업체도 승복할 겁니다."

김 국장은 서류를 덮었다.

"뉴스만 틀면 국방부다. 이제 얼른 마무리 짓자."

–다음 소식입니다. 연일 군납비리 규모가 커지는 가운데 오늘 공정위가 최종 조사 자료를 발표했습니다. 연루된 업체가 마흔 곳을 넘으며 과징금은 300억을 넘었는데요. 이와 함께 전·현직 방사청장들이 줄줄이 검찰로 소환되었습니다.

–이를 두고 정가에선 방사청장의 사퇴설이 돌고 있는데요. 국감에서 방사청을 적극 옹호한 김성남 국방부장관의 거취에도 관심이 쏠리고 있습니다. 자세한 소식 윤성빈 기잡니다.

공정위의 최종 조사 발표 당일.
전직 방사청장 두 명이 나란히 검찰 포토 라인에 섰다.

–한 말씀만 해 주십쇼. 군납 업체 선정에 청장이 관여했습니까?
–단독으로 입찰한 업체만 스무 곳이 넘었습니다. 이건 공공사업 기준의 최소치에도 못 미친 거 아닙니까.
기자들의 날카로운 질문이 계속됐지만 다행히 두 사람은 전직자들이었다.
"조사에 성실히 임하겠습니다."
그 정도 대답이면 충분했다.
하지만 모두가 이런 상투적인 대답만 할 순 없는 법이다.
오후에 소환된 현직 청장은 아카데미 시상식처럼 모여 있는 기자들 앞에서 긴 원고를 읽었다.

군납 비리는 모두 인정하나 직무유기는 아니었으며, 현 사태에 큰 책임감을 느낀다는 게 골자였다. 그리고 그는 정가에서 떠돌고 있는 사퇴설에 처음으로 입을 열었다.

"……하여 저는 오늘부로 모든 직을 내려놓고 검찰 조사에 성실히 임하겠습니다."

공식적으로 등장한 첫 사퇴 발표였다.

방사청장에겐 나름대로 비장한 발표였으나, 애석하게도 그는 오늘의 주인공이 아니었다.

─그게 끝입니까?

─세간에선 장관의 사퇴설도 돌고 있는데요.

"그건 제가 잘 모르는……."

─그럼 사퇴 결심은 혼자 하신 겁니까, 아님 청와대의 요구가 있었습니까?

─청와대는 현 사태에 대해 아직까지 공식적인 입장 표명이 없었습니다.

─국방부 장관의 거취에 대해 들은 게 있습니까?

"오늘은 제가 검찰에 출석하는 날……."

그때, 한 기자의 우렁찬 목소리가 울렸다.

"선배님! 청와대에서 특별 담화문을 발표한답니다! 2시간 뒤에요. 지금 저희 거기로 가야 할 것 같은데요."

특별 담화 48시간 전.

"강 의원님. 아무래도 우리가 호랑이 새끼를 끼운 모양이군요. 사건의 단초를 제공해 여러모로 죄송합니다."

"우리도 잘한 건 없지. 이제 와 박 의원한테 잘잘못 따질 생각 없소."

다시 만난 두 사람은 서로에게 뜨거운 동지애를 느꼈다.

현 상황은 공정위의 반역이나 다름없다. 여야의 합의를 이렇게 가볍게 무시하다니.

"기어코 전직자까지 소환을 했더구만. 직무유기 검토는 강행할 모양이야."

"네. 저희 쪽 사람이든 여당 쪽 사람이든 공소시효 남아 있는 건 다 죄를 물 것 같습니다."

박성택은 잠시 뜸 들이다 입을 열었다.

"해서 드리는 말씀인데 이젠 저희도 수습하는 게 어떨지."

"생각해 놓은 방법이라도 있소?"

"정리할 사람은 정리하시지요. 전직 방사청장 두 명은 어차피 저희 쪽 사람입니다."

"내치겠다는 건가?"

"네. 이 사건은 국민정서법으로 심판하는 거라 무죄는 무리죠. 저흰 그 두 사람에겐 미리 말해 놓을 계획입니다."

강 의원 입에서 조그마한 한숨이 나왔다.

진짜 문제는 현직 방사청장이다. 국민들은 어차피 전직 방사청장이 누군지도 모를 테니 조용히 넘어가겠지만 현직자는 무조건 옷을 벗어야 한다.

"그럼 우리도 정리하겠소. 현직 청장이 검찰에 소환될 때 사퇴 발표할 거요."

"결단 내려 주셔서 감사합니다. 근데 아직 큰 문제가 남았습니다."

"뭐? 설마 국방부장관까지?"

"네. 그 선까진 정리해야 국민들의 분노도 가라앉을 겁니다."

"박 의원 그건 나가도 너무 나갔지! 방사청과 국방부는 검찰과 법무부만큼 서로 독립적인 기관이야. 검사 비리 드러났다고 법무부장관이 사퇴를 해? 좋게 얘기하는 척하면서 슬쩍 당신 사심 끼워 넣는구만."

"개인적인 감정 때문에 드리는 말씀이 아닙니다. 김 국방은 국감 때 저와 싸우며 방사청을 두둔했어요. 국민들은 그 모습을 똑똑히 기억합니다."

성질이 뻗쳤지만 그 말엔 반박할 수 없었다.

국감에서 박성택을 신나게 쥐어 패며 입지가 상승한 김 국방이다. 그 말이 모두 헛소리였단 게 증명됐으니 책임을 피할 길이 없다.

강 의원은 불편한 심기를 감추지 않으며 씩씩거렸다.

이해득실 따지고 보면 여당에 더 불리하다. 집권당이니 당연히 더 큰 책임이 따를 수밖에 없는데 영 내키지 않았다.

이를 의식한 듯 박성택 의원이 저자세로 말했다.

"저흰 이 사건 가지고 득 볼 생각 없습니다. 솔직히 발등에 떨어진 불끄기에도 바빠요."

"우리 불이 더 커. 장관 사퇴하면 야당에서 또 집요하게 물타기 할 것 같은데."

"저희 당대표님께서 약속하셨습니다. 장관 사퇴를 문제 삼지 않음은 물론, 후임 장관 청문회도 조용히 넘어가겠다고."

"후임…… 장관까지?"

"네. 그러니 청와대만 설득해 주십쇼. 주제넘게 조언 하나 드리자면 김 국방이 직접 사퇴하는 것보다 청와대가 경질시켰다는 인상을 주는 게 더 낫습니다."

솔직히 김 국방이 똥물 다 떠안고 퇴장해 주면 여·야·청이 다 좋다.

"자라 보고 놀란 가슴 솥뚜껑 보고 또 놀랐구만. 고맙소. 야당이 그렇게 진정성 있게 나와 주면 우리도 청와대 설득해 보지."

"감사합니다. 그리고 이제 김 국장에 대해서 말해 보고 싶은데."

"김 국장?"

"네. 그 사람은 우리 눈치를 전혀 살피지 않더군요. 참 경악스러웠습니다. 여야의 공동 합의를 이렇게 박살 내다니."

"어차피 은퇴할 요량인가 보지. 검찰 쪽이면 우리랑 연줄이 닿아서 그렇게 나대지 못할 텐데 그건 아쉽게 됐소."

검찰이면 부장만 돼도 여의도의 눈치를 살핀다. 여의도에는 사시 출신들이 정말 많고 입김이 막강하기 때문이다.

하지만 여의도와 공정위의 접점은 찾기 힘들다.

"그래서 하는 말인데…… 강 의원님. 그런 놈을 정말 명예롭게 은퇴시킬 겁니까?"

"안 그러면?"

"우리가 당한 수모, 그 이상 돌려줘야죠. 여야의 합의를 무시한 건 반란이나 다름없습니다. 공직 기강을 잡는 차원에서도 가만두면 안 되죠."

"피차 같은 생각이지만 현실적으로 어려워. 김 국장 재임 자료 다 뒤져 봤는데, 이렇다 할 흠이 없더군."

"큰 사건 작게 만들고, 작은 사건 크게 만드는 게 우리 일 아닙니까. 솔직히 의혹 제기만으로도 얼굴에 먹칠은 해 줄 수 있습니다."

강 의원은 긍정하지도 부정하지도 않았다.

"무슨 말인진 알겠소. 하지만 시간을 더 두고 보지. 지금 공정위 건들면 누가 봐도 정치보복이니까."

"네. 저도 원수는 꼭 기억해 두자는 차원에서 말씀드렸습니다. 기회 봐서 오늘의 굴욕을 돌려줍시다. 반드시."

강 의원은 고개를 끄덕였다.

"그래, 꼭 그럽시다."

ℭ

—존경하는 국민 여러분.

대한민국에 군대는 특별한 의미를 가지고 있습니다. 많은 20대 청년들이 자신의 젊음을 희생하여 국가 안전에 이바지하고 있습니다.

그러한 때에 국군의 사기를 떨어뜨리는 군납 비리 사건은 경악스럽기 그지없었습니다. 해당 사건이 고질적으로 이어져 온 관행이란 점에, 대통령인 저조차 분노를 다스릴 수 없었습니다. ……(중략)……. 우리 정부는 누구보다 엄중하게 이 사태를 주시하고 있으며, 국방개혁의 중요성에 대해 실감할 수 있었습니다. 하여 이 사태의 책임을 물어 김성남 국방부장관의 사의를 수용하겠습니다.

청와대의 특별 담화는 여야가 물밑에서 협상한 내용에 충실했다. 군납 비리가 오래 이어져 왔다는, 국민들이 이미 다 아는 사실을 한 번 더 확인했을 뿐이며, 그걸 바로잡은 것이 바로 현 정부란 점을 강조하고 있었다.

각본대로 청와대는 국방부장관을 해임시켰다.

당사자의 입장 표명도 없이 청와대가 먼저 발표해 버린 건

경질을 의미했다. 신문 헤드라인도 모두 사퇴가 아닌 경질이란 표현을 썼다. 특별 담화에 여야는 자신들 진영 논리에 맞게 논평을 냈다.

　—현 사태의 가장 큰 피해자는 국군 장병들입니다. 이 책임에선 누구도 자유로울 수 없습니다. 늦었지만 현 정부에서 이를 바로잡을 수 있게 되어 다행입니다. 김성남 국방부장관의 사퇴를 처리한 청와대 결정을 존중합니다.

　—군 내부 고질적인 문제가 드러났고, 그를 두둔했던 김성남 국방부장관 또한 물러났습니다. 궁극적으로 저희 야당이 국감에서 제기한 문제가 대부분 사실로 드러났습니다. 이 썩은 관행을 고치는 데 저희 또한 적극 임하겠습니다.

　여야는 가볍게 잽을 한 대씩 치고받았지만 그 이상의 도발은 없었다. 각 당 의원들도 함구령을 받고 SNS를 자제했다.
　청와대의 깜짝 담화에 가장 충격인 건 공정위였다.
　"결국 국방부장관까지 사퇴하게 만들었군."
　오 과장은 살짝 격양된 얼굴이었다.
　바랐던 결과의 최대치다. 솔직히 이 정도까진 바라지도 않았는데.
　"검찰은 어때?"
　"전현직자 세 명에 대한 취조를 이어 나가고 있습니다. 근데 일하는 척만 하는 게 아니라 진짜 조사할 의지가 있는 것 같습니다."

"협조적인가 봐."

"네."

청와대의 의지가 반영된 걸까. 검찰도 수사에 적극적이었다. 이 정도면 무죄가 아니라 집행유예도 노려 볼 수 있을 것 같다.

반가운 소식이었지만 준철의 다음 장 서류에 다시 싸늘하게 굳는 오 과장이었다.

"……가서 꼭 이거까지 해야겠냐?"

"지금만큼 적당한 기회가 없습니다."

"적당은 무슨. 방사청이 하나 마나 한 내부 규정 만들까 봐 단도리하러 가는 거지."

진짜로 피도 눈물도 없는 놈이다.

〈담합을 유발하는 요인〉이라 이름 붙인 서류는 방사청 내부 규정을 어떻게 뜯어고쳐야 하는지 아주 세세하게 나와 있었다.

"정말 꼭 필요해서 그러는 겁니다. 현재 방사청 납품 규정을 보면 경쟁을 제한하는 규정이 많습니다. 규제 철폐하라고 권유만 하겠습니다."

"지금 같은 상황에서 권유는 시정명령이나 다름없어. 각오는 하고 가라. 초상집 찾아가서 염장 지르는 격이니."

그래도 고집을 꺾지 않자 오 과장이 마지못해 허락했다.

"국장님이 이제 국방부 뉴스 그만 보자신다. 오늘 내로 마무리 지어."

세 번째로 찾아온 방위사업청.

과연 초상집이다.

서류는 널브러져 있었으며 직원들 얼굴엔 짙은 그늘이 묻어났다. 청장과 장관이 동시에 경질당한 초유의 사태이니 표정 관리도 안 될 것이다. 그 원흉인 공정위가 얼마나 미울까.

준철이 도착하니 방사청장 권한대행이 적개심을 드러냈다.

"전직 청장님들 다 검찰에 계실 텐데, 아직 우리한테 할 말이 남았소? 설마 직무유기 혐의를 우리한테도 적용시킬 건가."

못 할 것도 없지.

준철이 말없이 서류를 건네자 권한대행은 흠칫했다. 하지만 다행히도 영장이나 소환장은 아니었다.

물론 그것보다 더 기분 나쁜 서류였지만.

"……담합을 유발하는 내부규정?"

"네. 이번 사태를 계기로 방사청도 내부 규정을 강화한다

들었습니다. 이건 저희가 검토한 경쟁을 제한하는 규정들이
에요."

"아니, 누가 지금 조언해 달라 했습니까. 우리 분위기 빤히
잘 알면서 염장 지르러 왔소!"

"곪은 부분 싹 다 도려냈으니 이제 상처 꿰매야죠. 제대로
봉합 안 하면 상처 또 재발합니다."

준철은 아랑곳않고 말을 이었다.

"현재 방사청 내부 규정은 입찰 문턱이 너무 높습니다. 참
가 자격 갖춘 선수가 별로 없으니 담합하기도 쉽죠."

실적이 부족한 중소 식품사에게도 입찰 자격을 줘라, 이것
이 첫 번째 바느질이다.

"물론 중소 식품사들의 가장 큰 고민은 돈입니다. 그래서
선납 결제를 제언드립니다. 방사청에서 대금을 먼저 주면 중
소기업도 차질 없이 납품할 수 있을 겁니다."

"선납 결제? 그럼 먹튀당하면 공정위가 책임져 줄 거요?"

"당연히 최소한의 검증은 마친 기업에 한해서죠. 방사청이
그 정도 검증 방안은 마련할 수 있을 겁니다."

시비조로 말했지만 젊은 놈은 미동도 없었다.

"두 번째 제언은 벌점 제도입니다. 저희가 조사한 바, 담합
의 가장 큰 동기부여는 어차피 처벌 수위가 약하다는 거였습
니다."

"그건 입찰 제한이라는 중징계가 있지 않습니까."

"그걸로는 턱없이 부족합니다. 입찰 제한이 끝나고 나서도 일정 기간 벌점을 부과해 주세요. 처벌이 무거울수록 동기는 작아집니다."

준철은 그렇게 다섯 가지 제언을 덧붙였다.

"이렇게 해 주시길 권유드립니다."

"뜻은 알겠다만 규정 문제는 생각 좀 해 봅시다. 난 권한대행이오. 정식 총장님이 임명되기 전엔……."

"그럼 권유가 시정명령으로 바뀔 겁니다. 언론에도 떠들썩하게 나갈 테고요."

권한대행은 컥컥 기침을 내뱉었다.

"권한대행님. 본인이 사실상 차기 청장이란 건 누구나 다 알고 있습니다. 저희한테 감정이 좋지 않다는 것도 알고요. 하지만 같은 공직자로서 길게 싸울 생각 없습니다."

자존심이 무척 상할 것이다. 공정위 조사 하나로 조직이 풍비박산 났으니. 하지만 그깟 자존심 때문에 이 문제 길게 끌고 갈 생각 없다.

권한대행은 긴 생각에 잠기더니 무거운 한숨을 내쉬며 말했다.

"……공정위 제언 적극 검토하겠습니다. 내부 규정 개정하는 데 참고하지요."

질 끝판왕 사망

한명그룹
김성균 본부

어느 하청 근로자

"벌집을 쑤셔 놨군. 그것도 말벌집."

"죄송합니다, 위원장님."

"죄송하긴 뭘. 자네가 몸소 나서 준 덕에 의원들이 내 욕은 안 하더라. 강 건너 불구경 잘했다."

김 국장은 그 말을 믿지 않았다.

공정위로 직접 찾아왔던 의원들이 위원장이라곤 안 건드렸을까. 아마 수십 통씩 협박 전화를 해 댔을 것이며, 그중엔 청와대의 전화도 있었을 것이다.

조직의 수장이 견뎌 주지 않았다면 이렇게 쉽게 끝낼 수 없다.

"그나저나 이번에도 그놈인가. 자네가 그때 과장으로 추천

한 놈?"

"예. 제가 늘 입에 달고 사는 그놈, 맞습니다."

"뭐 좋다고 웃어. 박쥐 새끼처럼 양당 이간질시켰다며."

"덕분에 판 커져서 수습도 못 했습니다. 젊은 놈이 배짱도 좋지 않습니까."

"내 눈엔 꼴통으로 보이는데 자네 눈엔 배짱으로 보이는가 보군."

그리 말하며 슬쩍 서류 하나를 내밀었다.

"이게 잘하는 짓인지 모르겠지만, 인사 결정 내렸다."

"아…… 설마."

"그 이준철이란 놈 내년쯤 본청 과장으로 보낼 거야. 당사자가 원하면 더 일찍 보내 줄 수도 있고."

"감사합니다, 위원장님."

"아직 내 얘기 안 끝났어. 자네에 대한 인사 조치도 지금 논의 중이네."

국장실은 찬물을 끼얹은 듯 고요해졌다.

인사 검토는 징계 아니면 진급이란 뜻인데, 현 상황에서 진급이 논의될 리 없다.

"그 전에 하나만 묻자. 자네 진짜로 물러날 생각이야?"

"종합국장이 요직도 아니고 제가 올라가면 어디까지 가겠습니까. 미련 없습니다."

"내가 그럼 내일 당장 사직서 가져오라면 가져와 줄 텐가."

예상치 못했던 물음에 김 국장이 당황했다.

정치권의 외압을 묵묵히 버텨 주신 위원장님이…… 사퇴 압박을?

"위원장님. 혹시 무슨 일이라도."

"여·야·청와대 세 곳에서 자네 재임 자료를 털어갔네. 정기 감사 핑계를 대긴 했지만 누가 봐도 먼지 찾기야. 그뿐 아니라 자네가 고위 공직자 재산 등록 때 신고한 내용을 갑자기 트집 잡아서 증빙 자료 다시 가져오래."

정치권이 금융 자료를 손댔다는 건 벼르고 있단 증거다.

"그래서 하는 말이야. 욕보기 전에 은퇴하는 게 어때."

"……."

"솔직히 자네가 은퇴 안 하고 싶은 이유는 하나잖아. 옷 벗으면 밑엣놈들한테 화살이 향하니까."

김 국장은 왜 준철의 진급 얘기가 먼저 나왔는지 알 수 있었다.

본청으로 불러들이는 건 위원장님이 직접 커버해 주겠단 뜻이다.

"그럼 더 꿋꿋이 버텨야겠는데요."

"뭐?"

"제가 이 자리에서 욕 한 번이라도 더 먹어야 위원장님께 갈 화살이 줄죠. 제 금융 자료 털어 봤자 개털입니다. 월급 타면 마누라한테 생활비 주기 바빴습니다."

"우습게 보지 마. 양당이 합작하면 없는 죄도 만들 수 있어."

"그것도 어느 정도 그럴듯해야 먹히죠. 허무맹랑한 얘기 꺼냈다간 역풍 맞습니다."

그 방면엔 누구보다 전문가들이니 허튼수작 안 부리겠지. 김 국장의 당찬 자신감에 위원장이 한숨을 쉬었다.

"제가 정말 죄송한 건 위원장님뿐입니다. 만약 정치권이 계속 저를 압박한다면 그냥 한직으로 보내 주십쇼."

그리 말하면서도 절대 먼저 물러나겠단 소리는 안 한다.

"하여간 저 황소고집."

위원장은 결국 엉덩이를 들 수밖에 없었다.

"물 떠다 놓고 빌어, 얼른 선거 날 오게 해 달라고. 싸울 거리 생기면 좀 나아지겠지."

"두 번 실망시켜 드려 죄송합니다."

"알면 당분간 몸조심하자. 사건 쉽게 풀려고 언론 플레이하고 그러지 마. 그냥 쥐 죽은 듯 있자."

"네. 흠잡힐 만한 일 안 만들겠습니다."

위원장은 준철의 인사 결정 서류만 남기고 자리를 떠났다.

＊

"팀장님. 방사청에서 내부 규정 개정안 넘어왔습니다. 슬

공정거래
위원회

쩍 읽어 봤는데, 저희 의견 다 반영한 것 같더군요."

"그래요?"

"네. 이제 기소 자료만 전부 검찰에 넘기면 됩니다."

"좋습니다. 어차피 자료만 토스하면 되니 식사부터 하시죠."

군납 비리가 일단락되며 공정위에도 여유가 찾아왔다. 국감도 다 끝난 시기라 여의도 전체가 한산했다.

벚꽃은 어느새 낙엽이 되어 있었고, 드문드문 앙상해진 나무들도 보였다.

정말로 치열했던 국감이다. 보통은 낙엽 떨어지기 전에 다 마무리되는데.

점심을 먹은 반원들은 모처럼 의사당 둘레길을 돌며 시시한 농담을 주고받았다. 하지만 그 여유로운 일상은 그리 오래가지 않았다.

ㅡ사망 사고 최다 공공 기관 대한전력! 각성하라, 각성하라!

의사당 앞에서 한 노년 여인이 시위를 하고 있었던 것이다.

"뭐야? 왜 시위를 광화문에서 안 하고 의사당에서 해."

드문 광경에 호기심이 향했지만, 그 호기심은 이내 소름으로 바뀌었다.

[하청 근로자의 억울한 죽음]이라는 푯말 위에 젊은 청년의 영정 사진이 걸려 있었던 탓이다.

─여러분! 대한전력의 사망 사고가 얼마나 되는지 아십니꺼? 5년 동안 40명! 작년에만 8명! 그중에는 등록금 벌어 보겠다고 아르바이트했던 내 자식새끼도 있십니다. 근데 지금까지 대한전력이 책임진 건 얼만지 아십니꺼.

단 한 차례도 없었다.

─이게 대한전력이 2심에서 직접 한 말입니다. 자신들은 공사 발주자로, 공사를 직접 수행하지 않았다. 안전 준수의 책임은 모두 하청사에 있다! 대한전력 높으신 분들! 이럴 때 책임 회피하려고 하청 썼십니꺼?!

국회 경비대가 달려오자 그녀의 목소리가 더욱 높아졌다.

─더욱 가관인 건 나랏님들입니다. 한 달에 한 번 꼴로 사람이 죽어 나가는데, 어떻게 국감에서 단 한마디도 언급되지 않십니꺼! 대한전력에 책임을 묻겠다고 하셨던 의원님들은 왜 침묵하셨십니꺼.

"아주머니 그만하세요! 여기 시위하는 곳 아니에요. 그리고 시위할 땐 미리 신고 하셔야 돼요."

─놓으소! 이런다고 내 여기 다시 안 올 줄 아나. 경찰은 무죄 판결한 판사, 국감에서 문제제기하겠다고 공갈친 국회의원부터 잡아가소.

"……그만하시라니까요. 제발."

─나 이렇게는 내 새끼 땅에 못 묻십니다! 여러분, 대한전력이 저승사자니꺼. 한 달에 한 번 꼴로 사람이 죽어 나갑니다.

그 안타까운 광경을 보며 김 반장이 혀를 찼다.

"어휴─ 또 공사비 아끼려다 사람 하나 잡았구만."

"뭔진 몰라도 좀 불길한데요. 대한전력이면 공공 기관인데……."

"신경 쓰지 마. 2심까지 무죄 판결 받았다는데 뭔 이유가 있겠지."

김 반장은 눈을 떼지 못하고 지켜보는 준철에게 서둘러 말했다.

"팀장님. 저희 저런 거에 신경 쓸 겨를 없어요. 아직 검찰에 기소 자료 안 넘겼습니다."

"아, 네."

"얼른 가시죠."

그렇게 반원들이 자리를 떴지만 실랑이는 계속됐다.

"그만하세요 어머님. 저희도 안타깝지만 어쩔 수가 없어요."

"진짜 안타까우면 나 말고 대한전력 잡아가이소. 그리고 국감에서 문제 제기해 주겠다고 공갈친 신효재 의원! 그 사람도 잡아가이소."

그때 국회로 출근하는 한 중년 남성이 그녀의 눈에 들어왔다.

"신효재 의원님!"

그녀는 경찰관들의 손을 뿌리치며 그에게 달려갔다.

"대답 좀 해 보소. 왜 국감에서 한마디 말도 못 했습니꺼."

"아니 진짜 이러시면 안 된다니까…… 죄, 죄송합니다 의원님."

"괜찮습니다. 여기 일 신경 쓰지 마시고 공무들 보세요."

신효재 의원은 싸늘한 눈빛으로 경비대를 물리쳤다.

"저랑 얘기할 땐 분명히 대한전력에 책임을 묻겠다 안캤습니까. 법안 발의도 하고, 3심도 준비해야지예."

"어머님. 저도 각고의 노력을 기울여 봤습니다만 이 문제는 안 되는 겁니다."

"뭐라꼬예?"

"이미 2심까지 무죄 판결이 났어요. 이런 사건은 대법원 간다고 결과가 달라지지 않아요."

말이 끝나기 무섭게 그녀가 멱살을 잡으며 달려들었다.

"사람이 어떻게 금배지 하나 달았다고 이렇게 달라질 수 있는교!"

주변에 있던 보좌관들이 놀라 그녀를 말리려 했지만, 이 또한 신효재가 제지했다.

"당선되기 전엔 내한텐 그리 말 안 했잖아요. 국감에서 문제 제기하고 대한전력 처벌하자, 더 이상 같은 피해자가 나와선 안 된다! 이거 다 의원님이 했던 말 아닌교!"

"어머님."

"이제 와 누구 처벌하는 건 바라지도 않십니더. 근데 최소한 이 공사의 최종 책임자는 사퇴해야지! 의원님이 안 하면 내가 할 겁니더. 나 지금 유가족들 만나서 같이 3심 준비하고 있심더."

공정거래
위원회

"그래서 충분한 책임 보상받으셨잖아요. 그 돈은 잊으신 겁니까."

신효재의 싸늘한 대답에 그녀의 손이 달달 떨렸다.

"뭐, 뭐라꼬?"

"사망보험금 2억 5천에, 위로금 1억. 도합 3억 5천 받으셨죠?"

"위로금은 업체에서……."

"하청사가 무슨 돈이 있다고 그 큰돈을 드립니까. 대한전력에서 전달한 위로금, 어머님께 드리기 좋게 포장한 겁니다."

"그, 그 돈이 내 새끼 잡아먹은 돈……."

"그것 말고도 신경 써 드린 것 많습니다. 산재 사망으로 2억 5천이나 지급된 건 흔한 일이 아닙니다."

신효재는 맥이 빠져 버린 그녀의 손길을 쉽게 물리쳤다.

"그 돈엔 제 개인적인 미안함도 있습니다. 사실 이 문제, 국감에서 다루기엔 너무 애매한 감이 있었어요."

"……처음부터 그짓말이었십니꺼. 국감에서 다뤄 주겠단 거."

"부단히 노력하다 좌절된 겁니다. 저도 여의도에 입성한 지 얼마 되지 않아 목소리 크게 못 내요. 그리고 군납 비리가 그렇게 크게 터졌는데 어떻게 그 카메라를 이쪽으로 뺏어 오겠습니까."

그리 둘러댔지만 사실 처음부터 문제 제기할 생각이 없었다.

국감에서 시간은 금보다 귀하다. 2심까지 패소당한 사건은 그 어느 의원에게도 환영받지 못했다.

"국감은 끝났습니다. 어머님도 이젠 일상으로 돌아가세요. 영한 씨도 하늘에서 그걸 더 바랄 겁니다."

아들 얘기가 나오자 그녀는 바닥에 주저앉아 흐느꼈다. 신효재에게 당한 배신감은 아들을 잃은 상실감에 비하면 아무것도 아니다.

그녀를 외면하며 자리를 벗어난 신효재는 보좌관들에게 호통을 쳤다.

"국회 경비대 아주 개판이구만! 여기가 무슨 광화문이야?"

"죄, 죄송합니다 의원님."

"오늘 당직자들 명단 뽑아서 내 사무실로 가져와. 허우대 멀쩡한 놈들이 무슨 할망구 하나 못 막아서."

신효재는 헝클어진 넥타이를 거칠게 풀었다.

"아까 저 여자가 한 말은 뭐야. 저 사람 유가족들 만나고 다녀?"

"예. 알아보니 대한전력 사망 사고 유가족들과 계속 접촉을 하고 있더군요. 시위를 한 번 할 거라곤 했는데……."

"재판에서 두 번 졌으면 알아먹을 때도 됐는데, 참."

신효재는 혀를 끌끌 찼다.

"여야가 모처럼 오붓한 시간이야. 이 평화 내가 깨뜨릴 순

공정거래
위원회

없잖아. 당분간 저 여자 좀 주시해."

🌀

하청은 내게 고마운 로봇들이었다.

기름만 넣어 주면 굴러가야 하는 기계 덩어리.

연료 떨어지지 않게 먹이고, 죽지 않을 정도로만 재우는 게 원청 임원인 내가 할 일이었다.

인건비를 절감하기 위해 수많은 안전 수칙을 어겼고, 불법적인 일이 필요하면 가진 게 간절함밖에 없는 하청을 이용했다.

그렇다고 내가 그들에게 미안했는가…… 글쎄.

때론 그 하청도 재하청을 썼고, 재하청은 재재하청을 썼다.

어차피 먹고 먹히는 세상, 힘센 놈이 약한 놈 부리는 건 당연한 일이다.

한명건설은 그 먹이사슬 최정점에 있었을 뿐이지.

사실 하청은 우리가 얼마나 효율적으로 살 수 있는지 보여주는 관행이다.

100억짜리 공사도 하청, 재하청, 재재하청으로 가면 50억에 해치울 수 있다.

3인 1조 작업이 2인 1조도 가능하단 걸 보여 주며, 싸구려

자재 써도 아파트는 절대 무너지지 않는다는 걸 증명해 줬다.

　간혹 현장에서 불만이 튀어나오기도 했지만, 내 귀엔 아무런 감흥도 주지 않았다.

　그들은 기계다

　이 마법의 주문을 외우면 하청들의 불만이 시스템 오류로 보이기 시작했다.

　안 된다고 아우성쳐도 결국 강행하면 되더라.

　"뭐? 철근이 무너져?"

　하지만 그들의 불만은 시스템 오류가 아니었고, 현장의 고충도 결코 앓는 소리가 아니었다.

　-죄송합니다. 본부장님…… 양쟁이 다 굳지도 않았는데 작업을 강행하다 그만.

　"이제 와 무슨 변명질이야! 그거 준공 날짜 25일까지다. 공사 기일 못 맞추면 우리 페널티가 얼만 줄은 알아?

　-다행히 외벽 쪽이라 보수 작업은 금방 될 것 같습니다. 하지만 두 명의 사망자가…….

　"사망자? 그럼 경찰까지 출동했어?"

　-예…….

　"젠장할! 이거 고용노동부로 들어가면 공사 중단인데. 일단 하청 사장들 집합시켜서 입단속 단단히 해. 허튼소리 지껄이면 너랑 나 둘 다 죽는 거야."

　본부장으로 처음 진급했을 때, 사망 사고가 터졌다.

공정거래
위원회

하지만 공사판에서 사람 죽은 게 대순가. 나는 반사적으로 산재 사망 보상금과 준공 날짜 어겨서 받는 페널티를 저울질했고, 전자가 훨씬 싸다는 결론을 내렸다.

그 자리쯤 올라가니 나도 비로소 사람이 돈으로 보이더라.

그렇게 도착한 사고 현장은 지옥을 방불케 했다.

끊어진 철근이 포클레인을 덮치며 여덟 명의 사상자를 냈는데, 걸레짝이 된 포클레인만 봐도 얼마나 큰 사고가 터졌는지 짐작할 수 있었다.

일대엔 폴리스 라인이 쳐져 있었으며 건설소장은 경찰에게 심문을 당했다.

인부들은 흡사 탄광에서 막 나온 사람처럼 얼굴이 꺼맸는데, 매몰자를 찾느라 흙먼지를 잔뜩 뒤집어쓴 상태였다.

"오 부장. 어떻게 돼 가?"

"지금 소장이 잘 설명하고 있습니다. 경찰이 왜 무너졌는지를 집중 추궁하는 것 같습니다."

"잘 말하고 있지?"

"네. 다행히 하청사들 입막음은 끝내 났습니다. 경찰도 형식적으로 진술서만 받아 갈 겁니다."

한시름 돌렸다 싶을 때 사망자 얘기가 나왔다.

"얘긴 들었다. 사망자 두 명 다 불체자라고?"

"네. 병원에서 신상 확인해 달라 하는데, 어떡할까요."

"어차피 우리가 직접 고용한 거 아니잖아. 인력사 사장들한테 알아듣게 설명해. 그동안 고생해 줘서 고맙다, 다음 공사도 반드시 함께 가자."

한명건설한테 피해 없게끔 뒤집어써 달란 소리다.

일감을 끊어 버리겠단 협박이기도 했다.

"근데 불법체류자면 4대보험 가입 안 했겠네?"

"예…… 그래서 산재 신청을 어떻게 처리해야 할지 난감합니다."

"뭐가 난감해? 산재 기록 안 남으면 우리한테 다행인 거지. 4억으로 끝내자. 한 사람당 2억. 어차피 산재 신청 정식으로 해도 이 돈 못 받아."

목숨값치곤 두둑한 돈이다.

"하지만 직접 고용한 인력사 사장은 형사 처벌을 피할 수 없을……."

"얼간이 같은 놈! 우리가 지금 남 걱정할 때야? 사망 사고 발생했으니 경찰도 눈에 불을 켜고 사진 찍어 갈 거야. 우리 안전 수칙 다 지키고 공사했어? 노동부로 넘어가면 작업 중지 떨어진단 거 몰라?"

참으로 한심한 부장들이다.

고작 기계 두 대가 고장 난 게 뭐 대수라고.

"하청 사장한테 따로 보상해 주겠다 설명해. 어차피 우리랑 계속 일할 거 아니야."

"아, 예……."

"얼른 수습하고 다시 공사 진행해. 입주가 하루라도 늦어지면 너랑 난 무조건 옷 벗는 거야."

그 뒤 노동부에서 진행한 안전 수칙 점검은 그럴듯한 거짓말과 두둑한 봉투 몇 장으로 무탈하게 끝났다.

불체자 유가족들은 시신 앞에서 울부짖었지만 적잖은 보상금에 위로를 얻었다.

사실 잘 모르겠다. 그들이 정말 위로를 얻었는지, 아니면 현실을 수긍할 수밖에 없었는지.

'…….'

생각해 보면 하청들은 내게 로봇도 아니었던 것 같다.

타고 다니던 자동차를 폐차시켜도 섭섭함이 드는 법인데, 그들의 죽음은 내게 아무런 감정도 일으키지 않았다.

ℰ

─사망 사고 최다 공공 기관 대한전력! 처벌받은 사롄 단 한 번 없는 대한전력!

노모의 가녀린 외침이 자꾸 내 아픈 기억을 자극한다.

얼마 못 갈 줄 알았던 여인의 시위는 계속됐고, 그때마다 국회 경비대와 마찰을 벌이며 일대를 소란스럽게 만들었다.

'…….'

무시하려고 무던히 애를 써 봤지만 그것이 마음처럼 잘되진 않았다.

ㅡ윗사람들이 진짜 이 문제에 경각심을 가졌다면 같은 사고가 계속 반복됐겠습니꺼!

그것이 꼭 김성균에게 호통치는 소리로 들렸기 때문이다.

자꾸만 과거 생각이 난다.

불법체류자가 사망한 이후에도 공사판은 달라지지 않았다. 사고를 미연에 방지하는 건 어려운 일이지만, 터진 뒤 수습하는 건 비교적 쉬운 일이다.

관계 당국이 처벌하지 않는 이상 우린 바꿀 생각도 없었다.

"팀장님. 신경 쓰이세요?"

"네?"

"출근한 뒤로 계속 대한전력 시위만 보고 계셨잖아요."

"그랬나요……."

"어휴. 차라리 이럴 땐 바쁜 일이라도 있는 게 낫지 싶습니다. 저 어머니 목소리도 이미 다 갈라진 것 같은데…… 보기 참 안쓰럽네요."

나는 쓴웃음을 지었다.

사람 마음 거기서 거기인 모양이다.

"일 다 끝나셨죠."

"네. 민원 검토했는데 뭐 이렇다 할 만한 건 없네요."

"그럼 먼저 퇴근하세요. 전 과장님께서 따로 부르셔서 남아야 할 것 같네요."

"무슨 일인데 또 따로 호출입니까? 설마 또 큰 사건 맡기시려나."

"그런 낌새는 아니었어요. 걱정 마시고 퇴근하세요."

매번 과장님 이름 파는 것도 미안할 지경이다. 하지만 목소리가 다 갈라진 저 여인에게 커피라도 건네지 않으면 견디지 못할 것 같았다.

반원들이 모두 퇴근한 걸 확인한 후, 나는 조심스레 그녀에게 향했다.

"저녁 되니 벌써 날씨가 쌀쌀하네요. 식사는 하셨습니까, 어머님."

"……."

"저는 공정위에서 일하고 있는 이준철이라고 합니다. 잠깐 얘기 좀 나눌 수 있을까요."

따뜻한 커피를 건네며 인사하니 날카로운 반응이 돌아왔다.

"나 끌고 가려고 왔소?"

"저흰 그런 일 하는 공무원이 아닙니다."

"그럼 가이소. 이젠 공무원만 봐도 신물이 나. 경찰이든 검찰이든 약한 사람 편들어 주는 놈은 없지."

"……사정은 전해 들었습니다. 아드님 얘기에 어떤 위로를 드려야 할지…… 사실 공정위가 하는 일이 원청, 하청 관련된 일이거든요. 괜찮다면 제가 자초지종을 들어 볼 수 있을까요."

여인의 눈빛이 반짝 빛났다.

"도와주신단 말인교."

"그건 아닙니다만…… 법적으로 조언드릴 게 있다면 최대한 돕겠습니다."

"그깟 조언 다 필요 없시오! 내가 원하는 건 수사와 담당자 처벌입니더. 와 다들 나 못 도와줍니꺼."

"대한전력이 공사에 직접 참여하진 않았으니…… 법리적으로 처벌하긴 어렵습니다. 2심까지 무죄였으면 대법원도 원심을 뒤집진 않을 겁니다."

뼈아프지만 냉정한 말을 해야 했다.

희망고문으로 그녀를 두 번 죽일 순 없다.

"그러니까 그게 말이 안 된다 아입니꺼! 대한전력이 전신주 정비 사업을 입찰했심더. 근데 그걸 따 간 놈은 하청한테 맡겼심더. 그리고 그 하청은 재하청을 줬고, 재하청은 재재하청을 줬심더."

지독한 놈들이다. 하청을 세 바퀴나 돌리다니.

하도급 업체가 하나씩 늘수록 공사비가 삭감됐을 것이며,

공정거래
위원회

책임에서도 멀어질 수 있었을 것이다.

"어머님. 그럼 이 모든 책임은 대한전력이 아니라 공사를 처음 따낸 도급 원청에게 물어야 합니다."

"재판장도 똑같은 소리를 하데이. 근데 그기 말이 됩니꺼. 공사를 따낸 놈이 딴놈한테 공사 주고, 그 딴놈은 또 딴놈한테, 그 딴놈은 또또 딴놈한테 줬심더. 상황이 이 꼴로 돌아갈 동안 대체 대한전력을 뭘 했심꺼."

이성을 잃은 그녀는 백팩에서 재판 서류를 꺼냈다.

"이게 경찰이 찍은 당시 사고 사진입니다. 우리 애 손 보소. 절연용 장갑이 아니라 면장갑 끼고 있지예? 그 전신주 높은 곳에 활선차도 없이 사다리 타고 올라가 작업했다 캅니다. 근데 내가 더 치가 떨리는 건 뭔지 아십니꺼."

다음 장 재판 자료엔 더 끔찍한 일이 기록돼 있었다.

"애가 감전당하고 무려 30분이나 방치됐다 캅니다. 원래 전신주 정비는 2인 1조에 숙련된 기술자가 반드시 대동해야 하는데, 대학생인 내 새끼가 혼자 나갔다 캅니다."

여인은 참았던 눈물을 터트렸다.

"의사가 내한테 처음 했던 말이 뭔 줄 아소. 골든타임 놓쳤다, 병원에 오기 전에 숨졌다. 이캅니다."

"……."

"10분만 더 빨랐다면 불구로 살지언정 살았겠지예. 이래도 대한전력이 잘못 업십니꺼. 현장에서 안전 수칙 잘 지켜지는지 아닌지 대한전력이 이래 무심해도 되는 겁니꺼."

할 말이 없었다.

그래서 안 된다. 하지만 딱히 법을 위반한 건 아니다.

"더 기가 차는 건 내 아들 같은 피해자가 하나가 아니란 겁니더. 작년에만 대한전력에서 여덟 명이 죽었십니더. 사망 사고 최다 공공 기관, 한 달에 한 번 꼴로 사람 죽어 나가는 공공 기관. 왜 법은 이런 놈들 처벌 못 하는교."

"……."

"법원에서도 결국 하청 사장들만 집유 받고 끝났심더. 근데 난 솔직히 하청 사장 원망 안 합니더. 이미 공사비 다 깎여서 내려왔는데 무슨 수로 안전 수칙을 다 지킵니꺼."

"그럼…… 혹시 최종 원청에게도 책임이 내려졌습니까? 이 공사를 처음 따냈던 기업요."

"그놈들도 대한전력하고 똑같심더. 임원 몇 명이 옷 벗으니까 검찰이 아예 기소도 안 했심더."

"그건 불가능할 텐데요…… 대한전력은 몰라도 원청은 책임 못 피합니다."

"천하의 한명건설을 어떤 검사가 건들겠시오. 그놈들도 다 빠져나갔심더."

나는 머리털이 쭈뼛 섰다.

"……최종 원청이 어디라고요?"

"또 그 여자야?"

"죄송합니다, 부회장님. 의사당 앞에서 연일 시위를 이어가고 있다고⋯⋯."

"보상금 다 받고 합의된 일이잖아. 왜 자꾸 뒷다리 물고 늘어져."

"보상금을 다 반환하겠다 합니다⋯⋯ 아무래도 3심 갈 것 같습니다."

최영석 부회장이 인상을 찌푸리자 임원들은 눈길을 피하기 바빴다.

사람 죽는 게 딱히 뉴스거리도 안 되는 세상이다.

일개 하청 근로자 때문에 이렇게 골치 썩을 줄이야.

"홍 사장, 어떻게 생각해?"

"⋯⋯이미 2심까지 무죄 떨어졌는데 3심이라고 다르겠습니까. 끝까지 가 봤자 저희가 이길 겁니다."

"부사장은?"

"눈치 빠른 여의도 의원들도 다 손들고 도망간 문젭니다. 국감을 막았다는 건 3심도 충분히 막을 수 있단 뜻입니다."

장밋빛 전망이 이어졌지만 부회장은 시큰둥했다.

"근데 왜 저 거머리 하나를 못 떼어 낼꼬?"

"부회장님 결국 액수의 문제 같습니다. 보상금이 성에 안

차니 계속 뒷다리 잡는 거죠. 만약 뒤에 '0' 하나 더 붙여 주면 언제 그랬냐는 듯 고개를 조아릴 겁니다."

"그럼 우린 사람 죽어 나갈 때마다 30억씩 뿌려야겠군?"

"……."

"아니지, 지금까지 우리 공사판에서 죽은 놈들이 몇 명이더라. 까딱하면 유가족들이 청구서 다시 보내겠는데, 부조금 더 내라고."

"그 말씀이 아니오라……."

쾅!

"그따위로 돈 뿌리고 다닐 거면 하청 왜 썼어? 하청이 재하청, 재재하청 쓰는 거 왜 묵인해 줬어! 공사비 한 푼이라도 아끼려고 그 짓거리 한 거 아니야?"

"……."

"근데 왜 이제 와 책임은 아무도 못 지겠대. 다들 꿀 먹은 벙어리야?"

사실 이렇게 길게 끌 문제가 아니다.

한 놈만 십자가를 지면 된다. 부회장을 대신해 모든 죄를 뒤집어써 줄, 그럴듯한 임원만 등장해 주면 된다.

하지만 아무리 눈치를 줘도 그 희생자는 나타나지 않았다.

"꼴도 보기 싫어! 다들 나가 봐."

임원들이 줄행랑치자 부회장의 목소리가 더욱 격양되었다.

"회사를 위해 한 몸 희생하는 게 그리 어렵나. 한평생 회사 돈으로 먹고산 놈들이!"

"……."

"우리 임원이 공사의 모든 책임지고 형사처벌 받아 줬어 봐. 저 여자가 계속 시위를 했겠어? 저것들이 계속 꽁무니 빼는 건 결국 나더러 책임지라는 소리야.

"고정하십쇼, 부회장님."

"내가 미련했다. 본부장 그렇게 보내는 게 아니었어."

입에 절대 담아선 안 될 이름에 비서실장은 사색이 됐다.

"부, 부회장님."

"자네도 알잖아. 성균이는 이런 일 있을 때 절대 몸 안 사린다는 거."

익히 잘 안다.

협박을 하든, 회유를 하든 어떻게든 유가족과 합의를 했을 것이다.

그게 통하지 않으면 부회장을 대신해 기꺼이 죄를 뒤집어써 줬을 사람이 김성균이다.

"자업자득인가. 본부장이 어떤 꼴 당했는지 아니까 아무도 안 나서는 건가."

"……그건 아닐 겁니다. 본부장 사고와 관련한 얘긴 부회장님과 저 외엔 일절 모릅니다."

"저놈들도 눈치가 100단이야. 내색은 안 해도 내막은 알고 있겠지."

"부회장님. 더 이상 언급하지 않는 게 좋겠습니다. 죽은 사람은 묻어 둬야죠."

비서실장의 만류에 부회장도 넋두리를 그만두었다.

그래, 내 손으로 죽인 놈이다. 안타까워한다고 살아 돌아오지도 않는다.

"자넨 어떻게 될 것 같아. 이거 진짜 3심 가도록 내버려 둬도 돼?"

"홍 사장 말이 맞긴 합니다. 2심까지 무죄였는데 대법에서 뒤집어질 리 없죠. 사실 가장 확실한 건 국회의원들 태도입니다. 국감에서 충분히 문제 삼을 수 있었는데 모두 나가떨어졌습니다."

재벌들 망신 주는 걸 가장 좋아하는 놈들이 일체 언급도 하지 않았다. 이건 재판 결과가 이미 나온 것이나 다름없다.

"다만…… 이 문제가 여론과 부합하면 이상하게 흘러갈 가능성이 있습니다."

"내가 우려하는 것도 그 부분이다. 자네도 저 여자 시위 구호가 걸리지?"

"예. 사망 사고 최다 공공 기관…… 저 여자가 계속 대한전력을 공격하더군요."

대한전력은 5년째 사망사고 1위를 놓치지 않는 기관이었다. 대부분 안전 수칙을 위반해 일어난 사고로 공사비 삭감이 주된 요인이었다.

그 때문에 대한전력은 끊임없이 소송을 당해 왔지만 법원은 매 판결마다 대한전력의 손을 들어 주며, 희생자들을 두 번 죽였다.

대한전력을 공사의 발주자로 보고, 공사에 대한 책임이 없다 본 것이다.

"물론 판례가 많으니 저희한테 유리할 겁니다."

"판례라…… 글쎄, 내가 보기엔 그 판례가 우리한텐 독으로 작용할 것 같은데."

"예?"

"지금까지 누적되어 온 문제가 한 번에 터지면, 터트린 놈이 독박 쓰는 거야. 솔직히 얼마나 꼬투리 잡기 좋아?"

하청이 하나씩 늘 때마다 공사비가 삭감됐고, 종국엔 그것이 사고로 이어졌다.

가뜩이나 위험의 외주화다 뭐다 떠들썩한 시국에 이건 딱 돌 맞기 좋은 사건이다.

"3심은 무조건 막아야 돼. 안 그래도 이미 이 사건으로 대한전력과 많이 틀어졌어."

"부회장님…… 그러려면 그 방법이 제일 확실합니다."

"대타 선수?"

"네. 그냥 저희 임원이 자폭 스위치 누르는 게 가장 깔끔하죠. 현장감독 소홀했다, 하청이 재재하청 쓰는지 몰랐다.

이 두 마디만 검찰에서 시인하면 대한전력도 살고, 저희도 삽니다."

"그걸 해 주는 놈이 없군…… 어차피 집행유예로 끝날 거, 그걸 해 주는 놈이 없어."

또다시 김성균 얘기가 나올 것 같자 비서실장이 먼저 선수를 쳤다.

"부회장님. 그럼 이번 한 번만 회장님께 도움을 청해 보시죠."

"말도 안 되는 소리. 그 양반 심술을 몰라? 은퇴한 지 벌써 3년이나 넘었는데 아직까지 후계자 발표도 안 했어. 유언장까 보기 전까진 누가 한명 그룹 주인이 될지 몰라."

불현듯 원망이 아버지에게로 향했다.

만약 최 회장이 후계 구도를 일찌감치 발표했더라면, 이렇게 무자비하게 공사비를 줄이지 않았을 것이다.

방만 경영 때려잡겠단 명분으로 얼마나 많은 공사비를 삭감했던가.

"외부 사람도 무섭지만 제일 조심해야 할 건 기석이랑 만석이야. 그놈들은 내가 휘청거리면 바로 이 자리 차지하겠다고 덤빌 거라고."

"염려 마십쇼. 최 사장과 최 상무 약점은 저희도 많이 쥐고 있습니다."

부회장은 가볍게 한숨을 내쉬더니 비서실장에게 눈을 돌

렸다.

"좀만 더 고생하자. 일단 그 여자 한 번 더 만나서 돈으로 합의할 의향 있는지 확인해. 단, 부조금 크게 받는 조건이면 절대 외부로 새어 나가선 안 돼."

"알겠습니다."

"그리고 관련 기관 계속 주시해. 돈으로 자빠트릴 수 있는 공무원은 무조건 포섭하라고. 부조금은 줄여도 공무원들한 테 뿌리는 돈은 안 줄여도 된다."

공무원에게 뿌리는 돈은 아깝지가 않다. 그 액수만큼 인연이 깊어진다.

어쩌면 이번 일을 계기로 좋은 장학생을 선발할지도 모른다.

"네, 염려 마십쇼."

꾸벅 인사하고 나온 비서실장은 관련 기관 고위직 명단을 뽑아 들었다.

당분간은 발에 불나도록 뛰어다녀야 할 것 같다.

☙

부회장의 지시에 따라 돈으로 구워삶을 수 있는 모든 공무원에겐 장학금이 수여되었다.

있는 죄 덮어 달란 부탁은 공무원에게도 부담이지만, 이미

2심까지 판결이 난 사건 모른 척해 달란 건 크게 어려울 게 없는 부탁이었다.

사실 이 문제의 핵심 기관인 노동부와 검찰의 침묵만 있다면 게임은 이긴 것이나 다름없었다. 판례도 많고 이미 2심까지 결과가 나온 사건 아닌가.

단 하나의 변수가 있다면 해당 사건이 여론과 부합하는 것.

한명건설의 막대한 떡값은 그 주요 변수인 여론을 틀어막는 데 주력했다.

[사망 사고 최다 공공 기관] 누구나 다 이상함을 느낄 이슈였지만 뉴스는커녕 포털 기사에도 한 줄 나가지 않았다.

하지만 변수는 언제는 의외인 곳에서 터지기 마련이다.

"뭐? 공정거래위원회?"

"예. 법원에서 재판 자료를 열람했다 합니다."

"뜬금없이 그놈들이 왜?"

"국회경비대 얘길 들어 보니, 그 여자가 시위할 때 웬 팀장 하나가 접근했다고…… 아무래도 사건을 접수한 모양입니다."

비서실장은 짜증이 솟구쳤다.

좋게 좋게 다 끝나 가는 마당에 웬 똥파리람.

"대체 어떤 놈이야?"

"종합감시국 소속의 평범한 사무관입니다. 행시 출신이긴 한데 지방대를 졸업했더군요."

젠장. 이래서 출신 성분 안 좋은 것들과는 상종해서 안 된다.

가진 스펙이 고시 합격밖에 없는 비주류들.

출신을 만회하기 위해 열성적으로 일하는 부류지만, 위로 올라갈수록 지독히 깨닫는다. 아무리 공적을 세워도 출신의 한계를 떨쳐 낼 수 없다는 것을.

"이건 그냥 신경 끄자. 종합국이면 공정위에서 제일 끗발 떨어지는 부처 아니야. 여기 사실상 민원실이지? 그냥 그 여자가 계속 민원 넣으니까 상대 몇 번 해 준 거다."

대수롭지 않게 정리하려 했지만 보고자의 표정은 여전히 어두웠다.

"실장님. 사실 이 담당자가 끗발이 좀 있는 놈입니다."

"뭐?"

"신상 조사해 보니 굵직한 사건을 여러 건 맡았더군요. 금리인하권 사태부터 군납 비리까지……."

비서실장은 준철의 신상 자료를 살피더니 표정을 구겼다.

확실히 무시할 수 없는 커리어였다. 산재 은폐, 특허 갈취, 담합…… 대기업을 상대해 본 경험이 많으며 결과도 무시할 수 없을 만큼 좋다.

특히나 거슬리는 건 산업재해 사건이었다.

"대성중공업 산재 은폐를 드러낸 게 이놈이다?"

"예. 그때 고용노동부 직접 찾아가 작업 중지 명령까지 받아 왔답니다. 조선 업계에선 이미 칼잡이라고 소문이 자자하더군요. 마냥 무시할 순 없는 놈입니다."

비서실장은 짧게 한숨을 내쉬며 옆으로 눈길을 돌렸다.

"유 과장. 이놈하고 자리 한번 주선해 봐. 내가 직접 만나 봐야겠다."

귀찮은 거머리가 들러붙었지만 비서실장은 별로 개의치 않았다.

비주류 공무원이 어디 이놈 하난가.

지방대 출신의 미친개 검사, 판사, 노조 변호사 모두 상대해 봤다. 하지만 한명 그룹의 힘으로 못 길들인 공무원이 없었다.

출신 성분이 미천한 놈이면 목줄 채우긴 더 쉽다. 결국엔 돈 아니면 자리겠지.

비서실장은 별 고민 없이 준철의 신상 자료를 구겨 버렸다.

공정거래
위원회

질 끝판왕 사망

한명그룹
김성균 본부

악연, 시작

"팀장님 자료 정리 다 끝났습니다."

"그래요? 그럼 회의 바로 시작하겠습니다."

어렵게 열린 회의.

반원들은 최대한 내색하지 않으려 했지만 불편한 감정을 다 감출 순 없었다.

한명 그룹은 대통령도 함부로 건들 수 없는 기업이라 정평이 나 있는 곳이다. 위에서 지시가 내려오지 않는 한 건드려선 안 될 곳인데, 팀장이 직권조사를 강행해 버렸다.

"먼저 말씀드리자면, 해당 사건은 이미 2심까지 무죄 판결이 난 사건입니다. 사실 대한전력의 사망 사고는 한두 건이 아니었습니다. 피소도 많이 당했고요. 하지만 단 한 번도 처벌된 사례는 없습니다. 누적된 판례가 많으니 이 사건은 3심 간다 해도 뒤집어지지 않을 겁니다."

"그렇군요."

저기 저기서 얕은 한숨이 들렸다.

평범하고, 정상적인 팀장이면 그렇군요 소리가 담담하게 나올 수 없다. 승소 가능성이 거의 없단 뜻인데 그만합시다 소리가 나왔어야지.

눈총이 쏟아졌지만 준철은 개의치 않으며 회의를 진행시켰다.

"과거 사건은 나중에 다시 파악하고요. 해당 사건부터 자세히 말씀해 주세요."

"……네. 〈전신주정비사업〉은 노후 전선 교체, 전봇대 보수 등 많은 숙련 기술을 필요로 하는 사업입니다. 한명건설은 이 사업을 100억에 따냈죠. 한데 이걸 80억에 하청을 줬고, 하청은 재하청, 재재하청을 썼습니다."

"공사비는 얼마씩 삭감됐습니까?"

"최종 시공자인 영신은 50억에 이 공사를 진행했습니다."

100억에 따낸 공사비도 널널한 돈은 아니었을 거다.

그 돈을 이리 깎고, 저리 깎았으니 사고가 안 터지는 게 이상하다.

"전신주정비사업의 100억은 적절한 공사비였습니까?"

"솔직히 빠듯한 공사비는 아닙니다. 안전 수칙 다 지키고,

숙련된 기술자 썼으면 사망 사고까진 안 일어났을 겁니다."

"결국 공사비 절감이 사고의 가장 큰 원인이군요."

"네. 근데 이놈들이 법정에선 완전 딴소리를 했더군요."

다음 장 서류는 1, 2심 재판 자료였다.

소극적이던 반원들도 재판 자료를 봤을 땐 탄식과 신음을 쏟아 냈다. 이건 재판이 아니라 고인을 능욕한 부관참시의 현장이었다.

"결론부터 말씀드리자면, 모든 책임을 다 사망자에게 전가시켰습니다."

김 반장의 목소리에도 힘이 들어갔다.

"근로일지를 보면 영한 씨는 2인 1조로 작업을 나갔다가 혼자 사고를 당한 것으로 기록되어 있습니다. 개인 안전 장비도 다 지급된 걸로 나와 있고. 전신주 올라갈 땐 활선차도 대동한 걸로 나와 있습니다."

"하나도 안 지킨 안전 수칙을 다 지켰다고 꾸민 겁니까?"

"네. 사고당한 경위도 영한 씨가 독단으로 행동하다 감전을 당했다고 나와 있더군요."

퇴근 시간을 재촉하다 일어난 사고로 추정, 이게 1심이었다.

"응급실로 실려 왔을 때 면장갑을 끼고 있었답니다. 그건요?"

"업체에선 절연 장갑을 모두 지급했는데, 영한 씨가 덥다고 그 장갑을 자주 벗었다 합니다. 관련 징계 기록도 제출했더군요."

개인의 부주의로 안전 장비 미착용, 이게 2심이었다.

"활선차는요?"

"유일하게 그 부분은 인정했는데요. 1차 작업 땐 활선차 타고 올라갔답니다. 영한 씨는 2차 작업 때 독단으로 사다리 타고 올라가다 사고를 당했다고……."

한명건설은 사람을 죽인 것으로도 모자라 유가족까지 바보로 만들었다.

증거 사진을 끼워 맞추기라 매도했고, 현장에 있는 근로일지 자기들 유리하게 조작했다.

가장 답답한 건 법원이 이에 속아 줬다는 것이다.

사고 후 30분이나 방치됐지만 법원은 이를 증거불충분으로 기각시켰고, 안전 수칙 위반 혐의도 모두 한명건설의 손을 들어줬다.

증거를 중요시하는 법원의 원칙 때문일까, 아니면 한명건설에 포섭된 재판관 때문일까.

"……."

아직 단정할 순 없지만 한 가지는 확실하게 알 수 있다.

죽은 자는 말이 없다. 한명건설은 이를 십분 이용할 것이다.

"팀장님…… 이대로 가면 3심은 가나 마나입니다. 근로일지야 조작하면 그만인데, 한명건설에 유리한 자료만 나오겠죠."

"한명건설도 처벌 못 하는데…… 대한전력은 더욱 못 하지 싶습니다."

한동안 생각에 잠겨 있던 준철이 입을 열었다.

"그럼 결국 과거 사건까지 다 끄집어내야겠군요."

"예?"

"지난 5년간 일어난 사망 사고 40건. 모두 조사해 주세요. 재판까지 간 사건은 어떤 식으로 재판이 이뤄졌는지도요."

"그게 소용 있겠습니까…… 어차피 똑같은 소리 나왔을 텐데."

"그럼 법원도 느끼는 바가 있겠죠. 대한전력은 늘 안전 수칙 다 지키는데, 왜 똑같은 사고가 되풀이될까."

"그래도 모를 놈들…… 아닙니까?"

"그럼 국민들한테도 물어보죠. 누가 잘못한 건지."

말이 끝나기 무섭게 반원들이 펄쩍 뛰었다.

"팀장님! 설마 또 이걸 공론화시키려고요?!"

"절대 안 돼요. 이미 2심까지 진 사건이라 반전 가능성 없습니다. 오히려 재판 결과에 승복 못 한다고 우리만 질타당할 거예요."

"말이 나와서 하는 말인데, 저희 지금 진짜 몸 사려야 될 땝니다."

"군납 비리 사건 강행하면서 양당을 전부 적으로 만들었어요."

"우리가 시나리오 주면 야당에서 바람 잡아 줘야 공론화되는 거지…… 우리끼리 한다고 뭐 되겠습니까."

구구절절 옳은 소리에 준철도 할 말을 잃었다.

세상에 산재 사고 당한 사람이 어디 이 하날까. 뉴스에도 실리지 않고 죽는 사람이 부지기수다. 국민들에게 관심을 부탁하는 건 사치일지도 모른다.

'……'

마음속에서 갈등도 일어났다.

가장 불안한 건 고용노동부 같은 관련 기관이 아무도 나서지 않는다는 거다. 재판 내용을 보면 검찰도 억지로 기소했다는 게 보인다.

천하의 한명건설을, 그것도 2심까지 진 사건을 강행하는 게 맞을까? 내 개인적인 복수심 때문에 반원들을 희생시키는 건 아닐까?

똑똑.

이러지도 저러지도 못하고 있을 때. 불청객 한 명이 사무실 문을 두드렸다.

"무턱대고 찾아와 죄송합니다. 저희 비서실에서 연락을 남겼는데 도통 답이 없으셔서."

언젠간 만나리라고 생각했다.

부회장의 그림자 수행원이니 당연히 더 먼저 만나자고 할 것이라 생각했다.

하지만 이렇게 예고도 없이 만나게 될 줄이야.

"오랜만에 뵙네요. 김명호 실장님."

"……제가 소개를 했던가요?"

"우리 구면 아닙니까."

당황해 보라고 던진 말인데, 놈은 한 치도 흐트러지지 않았다.

"아, 그렇죠. 어쩐지 낯이 익더라니."

"언제 만났는지도 기억하세요?"

"혹시 지난번 합병 심사 때…… 아니면 작년 일감 몰아주기 의혹으로……."

"기억 안 나면 묻어 둡시다. 부회장님한테 내가 그렇게 중요한 놈은 아니었나 보네."

살살 약을 올리자 놈의 평정심도 서서히 무너졌다.

난 놈과 그리 좋은 인연이 아니었다.

한명건설의 두 축인 비서실과 임원진은 치고받는 게 일이었다.

비서실은 주로 부회장의 사생활을 담당했는데, 총애가 심할 땐 업무 보고도 비서실을 통해서만 할 수 있었다. 그래서 임원들끼리 십상시라고 부르며 경멸했다.

사실 난 직감적으로 알 수 있었다. 이놈이 분명 나의 죽음과 연관 있다는 걸.

부회장은 지저분한 일을 할 때마다 늘 비서실과 상의했으니, 이놈은 나의 죽음을 몰랐을 리 없다.

"명함 받을 필요 있나요?"

"오해십니다…… 제가 부회장님께 따로 말씀드리겠습니다. 저는 잊어도 부회장님께선 반드시 기억하고 계실 겁니다."

"그래요. 내 신상 다시 파 보면 한명 그룹과의 접점이 나올 겁니다. 한데 오늘은 어인 일로?"

놈은 새빨갛게 달아오른 얼굴을 추스르며 말했다.

"염치 불고하고 말씀드리자면, 대한전력 건 때문에 찾아뵀습니다."

"대한전력요?"

"법원에서 이미 재판 자료를 열람하신 걸로 압니다. 과거 사건까지 모두 재검토하신다고."

"한명건설 참 소문 빠릅니다? 그 사건은 내가 아직 과장님께도 보고 안 드렸는데."

"오해 마십쇼. 유가족들 통해서 알게 된 내용입니다."

유가족은 얼어 죽을. 이미 내 신상 자료를 수십 번 털었을 것이다.

아마 내가 오늘 무슨 색깔 빤쓰를 입었는지도 알겠지.

공정거래
위원회

"팀장님. 이게 사실 겉으로만 보면 냉정한 판단을 하기 힘드실 겁니다. 사망 사고인 만큼 감정이 치우치기 마련이죠. 하지만 사고 경위를 따지면 저희도 억울한 게 많습니다."

뻔뻔한 것도 여전하구나.

나는 심드렁한 얼굴로 놈을 봤다.

"뭐가 그렇게 억울하십니까?"

"재판 보시면 아시겠지만 안전 수칙엔 문제가 없었습니다. 2인 1조로 작업을 했고, 필요한 안전 장비는 모두 갖췄죠."

"근데 왜 30분간 방치당한 겁니까. 왜 면장갑을 끼고 있었고?"

"그건 당사자가 수칙을 지키지 않았던 겁니다. 당시 작업 반장 얘길 들어 보니 업무를 일찍 마치려고 허락 없이 전신주에 올라갔다더군요. 이런 말씀 뭣하지만…… 사망자는 평소에도 복장 지적을 여러 차례 당했다 합니다. 사고 당일도 날씨가 덥다며 절연 장갑을 면장갑으로 바꿔 꼈다고."

놈은 재판 자료를 내밀었다.

"이런 얘길 꺼내는 저희 입장도 좋지는 않습니다. 하지만 잘잘못은 냉정하게 가려야죠. 법원도 저희 진술을 타당하다 판단했고, 2심까지 무죄 판결 내렸습니다."

아무런 대꾸도 하지 않자 놈이 기세를 올렸다.

"팀장님. 전 선한 목적이 늘 선한 결과로 이어진다 생각하지 않습니다. 팀장님께선 선한 목적으로 유가족들을 돕고 싶겠지만, 다른 시각으로 보면 부추기는 꼴이죠."

"그런가요?"

"팀장님의 의도를 폄훼할 생각 없습니다. 유가족분들은 지금 감정이 격해진 상태란 걸 알아주십쇼. 그분들께 평생 사죄하며 용서를 구하겠습니다. 그룹 차원에서 보상할 수 있는 모든 방안을 다 검토하겠습니다."

어디까지 하나 싶어 가만히 있었는데, 그걸 설득했다고 오해한 모양이다.

"물론 그 보상 범위에는 팀장님의 노고도 포함입니다."

"내 노고?"

"불리한 배경에도 불구하고 공정위에서 굉장한 두각을 드러내셨더군요. 하지만 가장 끗발 없는 종합국에 계신 건 결국 출신의 한계라 생각합니다. 저희 한명건설엔 정관계를 망라한 유능한 인적 자원이 많습니다. 필시 팀장님께도 도움이 될 겁니다."

중재를 부탁하더니 스리슬쩍 로비로 넘어간다. 튀어나온 말들을 보니 이미 신상 조사는 다 끝냈나 보다.

"흥미롭네요. 근데 난 원체 겁이 많은 사람이라."

"부담되시면 퇴직 이후 자리를 드릴 수도 있습니다. 이러면 뒤탈도 걱정 없죠. 참고로 저희 법무팀 이사도 그렇게 인연을 맺었습니다. 공정위 출신이죠."

"이 제안을 나 같은 말단에게만 하진 않았을 텐데. 또 있습니까?"

"그건 왜 물으시는지……?"

"난 맛있는 떡 안 좋아해요. 안전한 떡 좋아하지."

"아, 역시 신중하신 분이군요. 사실 고용노동부 쪽에도 저희를 도와주시는 분들이 많습니다. 아무래도 보안이 생명이라 이름을 거론하긴 그런데. 오랫동안 이어져 온 인연입니다. 팀장님의 이름도 외부에 누설되지 않을 겁니다."

나는 한숨을 내쉬며 놈이 내민 명함을 찢었다.

"이것들이 왜 입을 다물고 있나 했더니만."

볼 장 다 봤으니 더 이상 체면치레할 필요 없다.

갈기갈기 찢긴 명함을 보며 놈이 소리쳤다.

"지금 뭐 하는 겁니까?"

"뭐긴 뭐야. 기업 청탁 거절하는 중이지."

"청탁이라니. 내가 언제? 이미 2심까지 무죄 판결받은 사건, 들쑤시지 말라고 경고한 거야."

얼마나 다급했는지 대번에 말을 바꾼다.

거의 다 넘어왔다 싶었는데 돌변하니 놈도 당황스러울 것이다.

"경고치곤 너무 달콤하게 들리던데."

"……자꾸 까불지 마. 한명 그룹이 너 같은 부류들 한두 번 상대해 본 줄 알아? 너처럼 나대기 좋아하는 놈들, 결국엔 다 우리 사냥개 됐어."

"뭐 그거 하난 인정합니다."

한명 그룹은 맞춤형 로비의 달인이다. 겁 많은 공무원들 상대할 때 절대 사과박스부터 들이밀지 않았다.

야망 있는 놈에겐 출세 코스를 보장했고, 은퇴 이후의 삶을 고민하는 공무원에겐 전관예우를 약속했다. 이 모두 증거가 남지 않는 청탁으로, 정·관·법조계를 꽉 장악하고 있는 한명 그룹만이 가능한 로비였다.

"걱정 마쇼. 어차피 다 증거 안 남는 방법으로 공무원들 구워삶았을 텐데 난 그거 별로 관심 없어."

새파랗게 어린놈이 자꾸 위험한 말을 지껄인다.

마음 같아선 당장 자리를 박차고 싶었지만 쉽사리 발걸음이 떨어지지 않았다. 지껄이는 소리가 그룹 임원쯤은 돼야 알 만한 얘긴데 어떻게 이 어린놈이?

"근데 한 가지 물어봅시다. 관련 기관을 대체 어디까지 구워삶았기에 이렇게 조용하지?"

"도통 뭔 소린지 모르겠지만 한 가지는 알려 주지. 앞으로도 그럴 거다. 공정위가 아무리 떠들어 대도 언론에 기사 한 줄 안 나갈걸."

"옌장. 요새 연예계가 왜 이리 시끄럽나 했더니."

준철의 푸념 소리에 놈의 입꼬리가 올라갔다.

"그걸 알면 무모한 싸움 그만해. 우리가 뭐 안 되는 거 되게 해 달라 부탁하나. 2심에서도 문제없다 판결한 사건, 그냥

공정거래
위원회

손 떼세요."

어차피 산자부, 노동부, 감사원 어느 누구도 나서지 않는데 못 이기는 척 눈감아 주면 한명 그룹이라는 든든한 스폰도 얻을 수 있다.

"글쎄요. 우린 그 2심 재판도 다 조작된 증거로 이겼다고 보는 중이라서."

"뭐?"

"현장에서 안전 수칙을 다 지켰는데 왜 사망자가 죽어. 개인의 부주의? 왜 대한전력에서만 개인의 부주의가 이렇게 발생해?"

"그건……."

"당신들이 증거를 조작했으니까. 재판 앞두고 근로 일지를 다 유리하게 꾸며 놨으니까."

준철은 누구보다 잘 알았다.

한명건설은 현장에서 사고 터지면 응급실이 아니라 하청 사무실부터 달려간다. 근로 일지, 안전 점검 등 문제가 될 만한 서류는 모두 완벽하게 세탁하며, 하청 재고 창고엔 안전 장비를 욱여넣는다.

그때부터 이미 재판 준비를 시작하는 것이다.

창백하게 굳은 놈의 얼굴은 이번에도 그랬다는 것을 말해 주었다.

"어디 한번 두고 봅시다. 재판 자료를 조작했단 의혹에도 언론이 입 다물고 있을지."

"……허튼소리 작작해. 누가 그랬대?"

"당신 얼굴은 이미 자백하고 있는데."

쾅!

"공사판에서 근로 일지 가라로 쓰는 건 삼척동자도 아는 얘기야. 그래 봤자 네들이 우리 이길 것 같아?"

"큰 착각을 하는 모양인데 우린 당신들 이길 생각 없어. 이 꼴을 다 알면서도 묵인해 줬던 대한전력을 중점 처벌할 거거든. 아, 이걸로 대한전력 처벌하면 서로 사이 소원해질 텐데, 한명건설한텐 그게 더 손핸가?"

"이 자식이!"

"김 실장. 그러지 말고 솔직히 말해. 지금 부회장 입장이 좀 난처하지?"

"뭐?"

"이렇게 끝 문제 아니었잖아. 한명건설에서 그럴듯한 임원이 십자가 졌으면 그놈만 형사처벌당하고 끝났을 문제야. 근데 아무도 안 나선 모양이지? 당신이 여길 직접 찾아온 걸 보면."

김명호는 소름이 돋았다.

대화를 하는 내내 놈의 손바닥 안에서 노는 기분이었다. 놈이 그룹 내부 사정까지 정확히 지적하자 간담이 서늘해졌다.

"이제 와 임원들한테 뒤집어씌울 생각 마. 하청이 재하청, 재재하청까지 썼는데, 이걸 부회장이 모르고 있었다는 건 말이 안 돼. 아, 진짜로 몰랐다고 주장하면 자살골 넣는 거지. 이렇게 무능한 놈한테 경영권 넘어갈 리 없잖아."

"너…… 대체 뭐야. 우리 뒷조사했어?"

"뒷조사는 얼어 죽을. 뉴스만 봐도 3형제가 피 터지게 싸우는 꼴이 보이더만."

준철은 일그러진 놈의 얼굴을 뒤로하고 엉덩이를 들었다.

"대법원에서 봅시다."

ↄ

─반장님. 지금까지 대한전력이 피소당한 사례 전부 다 조사해 주세요. 재판에서 무슨 말이 오갔는지, 대한전력 측 변명이 뭐였는지 빠짐없이 정리해 주세요.

─어차피 법원에 제출한 증거는 다 조작된 자료였을 겁니다. 만약 대한전력이 이를 알고도 묵인한 정황이 있다면 그 즉시 저에게 말씀해 주십쇼.

─전신주정비사업은 한명건설뿐 아니라 여러 기업에서 받아 갔을 겁니다. 근데 어차피 저희는 대한전력을 중점 처벌할 거니, 그쪽 입장만 정리해서 주세요.

비서실장의 회유를 단칼에 거절한 후 조사는 일사천리로 진행되었다.

공정위는 지난 재판 기록을 다 뒤져 가며 그간 무슨 일이 있었는지 파악했다.

"팀장님. 유가족분들 다 모이셨습니다."

그렇게 조사를 하다 보니 가장 상대하기 힘든 일을 마주해야 했다.

준철은 무겁게 발걸음을 옮기며 김 반장에게 물었다.

"얼마나 모이셨습니까."

"전화를 드린 분들은 한 분도 빠짐없이 오셨습니다. 사실 5년 전 사고까지 가면 너무 많을 것 같아 3년 전 사고 유가족들만 모셨습니다."

평범한 사람은 가족의 사망을 평생 받아들이지 못하고 산다. 지금 모인 이들도 같은 심정일 것이다.

"조사 상황은 대략적으로 설명드렸습니다. 근데……."

"무슨 문제 있었나요?"

"재판 진행했다가 패소당한 유가족들이 격앙된 반응을 보였습니다. 어차피 법원에서 무죄 판결 난 사건인데 뒤집을 수 있냐고……."

괜히 희망고문하는 거 아닌가. 김 반장의 복잡한 얼굴이 그리 말하고 있었다.

"사실 그분들은 이미 경찰, 검찰, 노동부한테 문전박대당한 분들이에요. 공무원에 대한 감정이 좋지 않더군요."

"저희에 대한 감정도 좋지 않겠군요."

"……네."

"그것도 저희가 감수해야겠죠."

그들이 격앙된 반응을 보인다 해도 원망할 마음은 없다.

지금 한명건설이 하는 짓이 과거 김성균이 앞잡이 노릇했던 일이다. 돌을 맞아도 원망해선 안 되지.

무거운 마음으로 접견실에 도착하니 할아버지 한 분이 성큼 다가와 목소리를 높였다.

"정말로 대한전력 처벌할 수 있습니까?"

"……."

"말씀해 보세요. 정말로 대한전력 처벌할 수 있습니까?"

김 반장이 그를 제지했다.

"아버님 진정하십쇼. 일단 현재 상황부터……."

"아는 얘기 또 들어서 뭐 합니까! 우리도 이 사건 가지고 대한전력과 2년 동안 싸웠어요. 영한이네도 2심까지 갔다가 패소당한 거 아니오."

"우리 애 아빠 사고당한 지 두 달도 안 지나서 영한 씨가 사고당했어요. 그때 뜯어고쳤더라면 추가 희생자도 없었겠죠."

"팀장님이 직접 대답해 보세요. 이거 정말 대한전력 처벌할 수 있는 겁니까?"

한 달에 한 번 꼴로 사람이 죽어도 관행을 고치지 않는 대한전력.

그걸 아무도 지적하지 않았던 수사기관.

이들은 이미 공무원들에게 진절머리가 나 있었다.

준철은 그 질타를 무겁게 들으며 고개를 들었다.

"예…… 대한전력 처벌할 수 있습니다. 못 하면 제가 옷 벗겠습니다."

접견실이 갑자기 조용해졌다. 답답하고 억울한 마음에 담당자를 몰아세웠는데, 자리를 걸겠단 대답이 돌아올 줄은 몰랐다.

"그러려면 유가족분들의 협조가 필요합니다. 잘못한 놈들 벌 받을 수 있게 도와주십쇼."

처음 나섰던 할아버지가 다시 말을 이었다.

"이미 2심까지 졌는데, 이걸 진짜 처벌할 수 있단 겁니까?"

"네. 저희는 건설사가 법원에 제출한 자료가 모두 조작된 자료라 판단했습니다. 대법원에서 이를 적극 드러낼 생각이고요."

"조작이라 함은……."

"근로 일지, 현장 점검 내용을 모두 유리하게 바꾼 것 같더군요. 대한전력이 이 정황을 절대 몰랐을 리 없습니다. 그들의 묵인하에 이뤄졌는지, 아니면 적극적으로 지시한 정황까지 있었는지 명백히 밝혀내 책임을 묻겠습니다."

그때 사람들 사이에서 한 아주머니의 절규가 들렸다.

"맞아요…… 말이 안 돼. 대한전력은 안전 수칙 다 지켰다고 했는데 왜 사람이 죽어요."

"그것도 한두 명이 죽었습니까. 여기에 오지 못한 유가족들 포함, 수십 명이에요."

"그놈들은 우리 얘길 귓등으로 안 들었어! 난 솔직히 그때 당한 모욕이 아직도 안 잊힙니다. 내가 현장 실태 지적하니 날 부조금 장사하는 미친놈으로 몰았어요!"

당한 부조리가 그 하나뿐이었을까.

준철은 그들의 넋두리가 끝날 때까지 듣다 조심히 입을 열었다.

"먼저 대법원에서 어떤 내용을 다룰지 간단히 설명드리겠습니다."

준철은 한숨을 내쉬며 마저 말했다.

"사실 지금까지의 법원 입장은, 대한전력을 공사의 발주자로 보겠다는 거였습니다. 현장에 대한 책임은 없다고. 저흰 법원에서 이걸 지적할 겁니다. 대한전력은 현장에서 안전 수칙이 지켜지는지 등을 감독할 의무가 있다고."

공사를 발주하는 것까진 좋다.

근데 그러려면 감리사를 파견해서 현장 실태를 점검했어야 한다.

"또한 전신주정비사업엔 하청이 너무 많더군요. 사고의 가장 큰 원인은 이 과정에서 생긴 공사비 삭감이라 생각하니다. 원청이 하청, 재하청, 재재하청 쓰는 걸 왜 아무도 지적 안 했는지 그것 또한 법원에서 명백히 밝혀내겠습니다."

마지막은 사문서위조 행위다. 이건 증거인멸 범죄니 절대로 실형을 피할 수 없다.

"지금은 관련 기관이 아무도 안 나서지만 공론화되면 안 움직일 수 없습니다. 저희도 최대한 그들을 압박할 겁니다"

설명이 끝나자 이 조사의 발단이었던 김영한 씨의 어머니가 입을 열었다.

"선생님…… 근데 이거 국감에서 띄우려다 실패한 거 아시지예."

"네."

"나랏님들이 다 나 몰라라 도망간 사건입니더. 공정위에서 공론화하겠다 해서 되겠습니꺼?"

"맞습니다…… 솔직히 저희도 알 건 다 알아요. 공사장에서 사람 죽는 건 뉴스도 안 되는 세상이에요. 어느 누가 관심 가져 주겠어요."

준철은 잠시 주저하다 말을 이었다.

"그 부분이라면 걱정 마십쇼. 공론화는 무조건 시키겠습니다."

"이젠 선조취 후보고냐? 왜, 나한테 미리 말하면 내가 뜯어말릴까 봐?"

"아, 아닙니다. 사실 이 사건은 진행해야 할지 말아야 할지 고민 많았습니다. 신중하게 검토 후 보고드리고 싶었습니다."

김태석 국장은 준철에게 눈을 흘겼다.

"신중하게 검토해서 도달한 결론은 뭔데?"

"해야 합니다. 재판 자료와 유가족들 진술을 들어 보니 대한전력은 상습범이더군요. 이대로 두면 같은 희생자가 계속 나올 겁니다."

"마음은 이해한다. 근데 냉정하게 현실적인 부분을 따져 봐야지. 관련 기관은 아무도 나서지 않고 있고, 대한전력은 단 한 번도 패소당한 적 없어. 해당 사건도 이미 2심까지 무죄 판결 받았는데, 대법 간다고 달라져?"

"공론화시키면 얘기가 달라질 겁니다."

준철이 내민 서류 다음 장을 넘겼을 땐 짧은 신음이 나왔다.

"대한전력 간부진 다섯 명에게 영장을 신청하겠다고?"

"예. 사문서위조 혐의로요. 재판 자료를 보면 현장에서 안전 수칙이 다 잘 지켜졌다고 나와 있더군요. 한명건설에서 이 자료를 조작했을 것으로 생각됩니다."

"그럼 한명건설 임원한테 영장을 쳐야지."

"둘 다 할 겁니다. 대한전력도 서류가 조작됐다는 걸 절대 모르지 않았을 겁니다. 최소가 묵인, 어쩌면 적극적으로 지시를 했을 수도 있습니다."

대한전력 임원 다섯 명 구속.

솔직히 가능성 없다. 깐깐하기로 유명한 법원이 이를 허락해 줄 리 없다. 증거 인멸이네 뭐네 해도 결국 도주의 가능성이 없다고 기각당할 것이다.

하지만 영장 청구 자체만으로도 언론의 주목은 받게 될 것이다. 이놈이 원하는 것도 후자겠지.

"이 팀장…… 이건 솔직히 너무 무모한 거 아니냐. 공론화는 신중해야 돼. 잘못하면 재판 결과에 승복 못 하는 놈이라고 우리가 역풍을 맞아."

"절대 안 그럴 겁니다. 사망 사고 최다 공공 기관. 저희는 계속 이 점을 어필할 겁니다. 국민들이 느끼기에도 뭔가 이상하다 느낄 겁니다."

사람이 가장 많이 죽었는데 단 한 번도 유죄를 받은 적 없다. 안전 수칙 다 지켰다는 말이 얼마나 지독한 거짓말이었는지 국민들도 알게 될 것이다.

사실 이 사건은 국민들 가슴에 얼마나 크게 불을 지필 수 있을지가 관건이다.

여론이 활활 타오르면 노동부와 검찰도 계속 방관할 수 없을 것이다.

"에휴."

김태석 국장은 고단한 얼굴로 한숨을 내쉬었다.

한눈에 봐도 스케일이 커질 사건이다. 정치권이 도와주면 많이 수월해지겠다만…… 애석하게도 그 기대는 접어야 한다. 와서 훼방이나 놓지 않으면 다행이지.

김 국장은 옆에 있던 오 과장에게 고개를 돌렸다.

"자네는 어떻게 봐? 아니지, 당연히 될 것 같다 싶으니까 저놈 데리고 나한테 온 거겠지?"

"이런 말씀 뭣하지만 밑져야 본전입니다. 대한전력의 사망사고가 워낙 많아 공정위에서도 한번 검토할 수밖에 없었다…… 저희는 이런 명분이라도 있죠."

"출구 전략도 다 짜 놨어? 질 때를 대비한?"

"솔직히 질 것 같지도 않습니다. 한명이 공사를 100억에 따냈는데 최종 시공자는 50억에 공사를 진행했어요. 이 내막을 알고도 여론이 저흴 욕할까요."

오 과장도 자신 있는 모습이었다.

"아닌 말로 이건 오히려 가만히 있으면 욕먹습니다. 눈에 보이는 것만 해도 이렇게 구린내 풀풀 나는데, 침묵한 기관들은 함께 도마에 오를 겁니다."

그걸 만회하려면 관련 기관도 더 적극적으로 나설 수밖에 없다.

김 국장은 한결 가벼워진 마음으로 서류에 사인을 갈겼다.

"이 팀장. 미리 말하지만 이번엔 금배지들 도움받을 생각 마라. 넌 이미 적이 많아서 그놈들이 똥물 안 뿌리고 가면 다행이야."

“예. 저도 알고 있습니다.”

“언론에 자료 뿌릴 때 너무 적나라하게 까지 마. 출처가 우리라는 걸 알면 우린 공무원들의 공공의 적 된다.”

“예. 물론입니다.”

김 국장이 서류를 넘겨주자 준철은 허리를 숙여 감사함을 표했다.

영장 신청은 확실히 약발이 좋은 카드였다.

기각될 가능성이 더 높았지만 일단 신청한 것 자체만으로도 언론 보도를 탔으니 말이다.

[공정위, 사문서 위조 혐의로 대한전력 간부 5명 기소]
[되짚어 보는 대한전력의 사망 사고 사례, 5년 연속 공기관 1위]

언론 보도가 반가운 건 덕분에 지금까지 묻혔던 사건이 모두 수면 위로 드러났다는 것이다.

한명건설의 막대한 로비로 그간 잠잠했던 언론사도 더 이상 침묵을 지키기 어려워졌다.

파면 팔수록 새로운 괴담이 쏟아졌고 이들의 막장 실태가 여실히 드러났기 때문이다.

[전신주정비사업, 하청을 무려 세 바퀴나 돌렸다]
[최종 시공사는 반값에 공사 시행]

이에 발맞춰 의사당 앞에서는 유가족들의 시위가 열렸다. 그때와 달리 이젠 한 사람의 시위가 아니었다. 의사당 앞엔 기자들이 벌 떼처럼 모여 발 디딜 틈이 없었다.

─……상식적으로 생각해도 이건 말이 안 되는 정황입니다. 원청이 공사를 100억에 따내서 하청한텐 50억에 줬습니다. 공사비가 반으로 삭감됐는데 현장에서 안전 수칙이 어떻게 제대로 지켜졌겠습니까?

─가장 안타까운 건 이 문제를 고칠 수 있는 시간이 많았다는 겁니다! 저희 유가족대책위엔 이미 대한전력과 싸우신 분들이 많습니다. 그분들은 줄기차게 시정 요구를 해 왔고, 그때 시정 요구가 받아들여졌다면 후에 참사는 막을 수 있었습니다.

─여기엔 법원의 책임도 묻지 않을 수 없습니다. 지금까지 법원은 대한전력의 지위를 '공사의 발주자'로 판단하며 현장 사고의 직접적 책임은 없다고 변호해 왔습니다. 그 결과가 바로 오늘의 사태입니다!

"대한전력은 공사의 발주자가 아니다! 공사의 책임자다!"
"법원은 대한전력의 도급 사업주 지위를 인정하라! 인정하라!"

대한전력 지사장은 실시간으로 보도되는 시위 현장을 보며 결국 리모컨을 던졌다.

"김 실장님. 이게 어떻게 된 거요?"

한명 그룹 김명호 실장은 입술을 깨물었다.

"분명 문제없을 거라 하지 않았소?"

"죄송합니다. 갑자기 공정위가 나설 줄은……."

"그럼 이제 대책을 내 보시오. 나를 포함한 간부 다섯 명이 모두 영장 심사를 받고 있어. 공사는 당신들이 했는데 쇠고랑은 우리가 차게 생겼다고."

"……고정하십쇼. 저희도 법률 자문을 받아 봤는데, 그 영장은 발부될 가능성이 거의 없습니다."

"거의? 예전엔 이거 '절대' 문제 될 리 없다 하더니, 이제는 거의?"

회의실에 모인 다섯 사람의 눈총이 김 실장에게 향했다.

"제가 잘못 말씀드렸습니다. 영장이 발부될 확률은 절대 없습니다. 무조건 기각될 겁니다."

"지금 누구 가지고 놀아? 이제 와 또 말 바꾸면 우리가 믿겠어?"

"우릴 안심시키려면 말이 아니라 행동으로 보여 줘야 할 게 아니오."

사태가 너무도 심각했기에 튀어나오는 말들이 곱지 않았다.

"가장 걸리는 건 다른 기관이야. 여론이 저렇게 달아올랐는데 더 이상 침묵할 수 있겠어?"

"고용노동부가 지금 재조사 들어갈 거란 소문이 있습니다. 당신들 진짜 이거까지 막을 수 있어?"

우려했던 일들이 현실로 이뤄지기 시작했다.

여론의 등쌀에 못 이겨 관련 기관이 하나둘 몸을 풀기 시작한다. 검찰에서 갑자기 간부들을 소환해 공사비 삭감 이유를 물었고, 감사원은 임원들 회의록을 요청했다.

그중에서도 가장 두려운 건 여론이다.

이제 포털 사이트에 대한전력을 치면, [사망 사고 최다 공공 기관]이 연관 검색어 1위로 뜰 정도였다.

"지사장님. 조금만 더 저희를 믿어 주십쇼. 이미 2심까지 이기며 저희 실력 보여 드리지 않았습니까."

"그때랑 지금은 여론이 180도 다른데?"

"냄비처럼 잠깐 끓다 곧 팍 식을 겁니다. 한 가지 더 말씀 드리자면 저희 이거 국감에서도 막았습니다."

김 실장이 간절한 어조로 말했지만 지사장 얼굴은 조금도 풀리지 않았다.

"김 실장. 국감 막아 냈다고 안심하지 마쇼. 분위기 봐선 내일 당장 국정조사가 열려도 이상하지 않아."

국감은 정기적으로 있는 행사지만, 국정조사는 필요할 때
만 열리는 행사다.

만약 그 우려가 현실이 되면 대한전력은 만신창이가 될 것
이다.

상상만으로도 끔찍하다.

"걱정 마십쇼. 국정조사는 여야가 합의해야 열리는데 저희
는 고루고루 친분이 많습니다."

"3심은? 대법관도 아는 사람이 많나?"

"그건……."

"그쪽까진 닿는 연줄이 없나 보군. 하긴 대법관 구워삶을
실력이었으면 애초에 공정위가 저렇게 설치지도 못했겠지."

뼈가 담긴 말에 김 실장 얼굴이 벌겋게 달아올랐다.

"김 실장. 그냥 우리의 입장은 한 가지야. 한명건설은 이미
우리한테 점수 많이 까먹었어. 전신주정비사업뿐 아니라 앞
으로 신도시 세울 때 나오는 일감, 한명건설한테 국물도 없
을걸."

"지, 지사장님 그건."

"방법은 딱 하납니다. 만회하려면 지금이라도 잘해요."

"……."

"더 이상 우리 대한전력에 피해가 오지 않았으면 합니다."

지사장은 나가라는 듯 손가락을 까딱거렸다.

"……여부가 있겠습니까. 모쪼록 심려를 끼쳐 드려 죄송합

니다. 이제부턴 신경 쓰실 일 없을 겁니다."

김 실장은 고개를 숙이며 겨우 회의실을 빠져나왔다.

어느 정도 각오는 하고 있었지만 정말이지 최악의 말을 들었다.

대한전력은 주택공사, 도로공사 다음으로 건설사에게 일감을 많이 주는 곳이다.

이들을 잃는다는 건 매출에도 직격탄이 될 수밖에 없다.

"나다. 지금 당장 대법관들 기수 알아보고 연줄 닿는 사람 섭외해. 아니, 어차피 어려운 부탁 안 할 거야. 우리는 처벌해도 대한전력은 처벌하지 말아 달라, 딱 이거면 돼. 그리고 담당 검사도 닿는 연줄 있나 알아봐. 그놈들한테도 우리만 기소해 달라고 할 거다."

하지만 믿는 구석이 있었다.

대한전력만 처벌을 피하면 파국을 막을 수 있지 않나.

지금 당장 회사로 달려가 임원들을 닦달해야겠다.

이젠 이 모든 화살을 받아 줄 화살받이를 선발해야 한다. 그러면 끝이다.

"어? 여기서 뵙네요."

하지만 그렇게 생각하고 있을 때, 불쾌한 목소리가 들려왔다.

"다, 당신이 왜?"

"저희도 마침 대한전력 임원들 만나려고 왔는데, 먼저 다

녀가셨나 보네."

"뭐?"

"오후엔 고용노동부로 갈 건데. 거기서 또 만나는 거 아닌지 모르겠습니다."

준철이 싱긋 웃으며 대한전력 건물로 들어갔다.

질 끝판왕 사망

한명그룹
김성균 본부

구속? 불구속?

대한전력 5인방은 예의 차릴 것 없이 적개심을 드러냈다.

　"무례하기 짝이 없군. 최소한 일정은 잡고 오셔야 하는 거 아닌가?"

　"이미 우리 5년 치 발주 자료를 전부 가져갔으면서 무슨 일로 오셨소."

　준철은 한숨을 내쉬었다.

　최소한 반성하는 시늉이라도 보일 줄 알았는데…… 방귀 뀐 놈이 성내는 게 당연한 세상이 됐다.

　"오늘은 자료 압수하러 온 게 아닙니다. 마지막으로 기회를 드리려 찾아왔습니다."

　"기회?"

"읽어 보시죠."

지사장이 눈짓을 보내자 말석에 있는 사내가 서류를 집어 들었다.

그의 얼굴이 벌겋게 달아오르는 데엔 그리 오랜 시간이 걸리지 않았다.

"지금 뭐 하자는 짓이오?"

"재발 방지 대책입니다. 이걸 수용하신다면 저희도 이쯤에서 끝내겠습니다."

"아니, 재발 방지 대책을 왜 당신들이 만들어! 여기 이건 또 뭐야. 슬쩍 담당자 징계하라고 끼워 놨네?"

지사장은 말없이 준철을 노려봤다. 전신주정비사업은 모두 지사장의 지시로 돌아간다.

면전에 대고 자신의 징계안을 가져온 이 젊은 놈에게 재떨이라도 던지고 싶었다.

"그게 재발 방지 대책의 핵심입니다."

"뭐?"

"아무도 징계받지 않고 끝나면 재발 방지 대책 같은 건 있으나 마나더군요."

기업들도 궁지에 몰리면 반성문을 제출한다.

반성문 대로면 더 이상 사망 사고, 갑질, 횡령, 비리가 없어져야 하는데 늘 그렇듯 시간만 지나면 원점으로 돌아간다. 아무도 책임지지 않으니 딱히 경각심도 없는 것이다.

"만약 대한전력에서 자정의 노력을 보여 주면 저희도 이 문제 대법까지 끌지 않겠습니다."

젊은 놈이 자신을 지그시 응시하자 신경질적인 목소리가 튀어나왔다.

"다들 나가 봐."

"……."

"얼른!"

지사장은 누그러진 목소리로 준철에게 말했다.

"고맙습니다, 팀장님. 마침 저희끼리도 어떻게 하면 이 문제를 방지할 수 있을까 고민하던 차였습니다. 귀중한 조언이 되겠군요."

과연 그랬던 분위기였나?

"하지만 징계 얘긴 좀 당혹스럽습니다. 사정 기관이 이렇게 강압적으로 구는 건 월권처럼 느껴지는군요."

"제 뜻이 아니라 유가족들 입장입니다. 대한전력에서 자정의 노력을 보여 주면, 상고 포기하겠습니다."

"팀장님."

"이 문제를 가장 빨리 끝낼 수 있는 방법이기도 합니다. 전신주정비사업의 총책임자인 지사장님이 물러나셔야죠."

쾅―!

놈은 단 두 마디도 지나지 않아 본모습을 드러냈다.

"그게 왜 내가 물러날 문제야. 공사의 총책임은 한명건설에 있어. 대한전력은 발주자지 시공자가 아니라고."

성질이 뻗쳤다.

공정위가 구속영장을 신청하며 망신을 단단히 샀다. 평소 대한전력의 지사장이 누군지, 전신주정비사업이 뭔지도 모를 사람들이 앞다퉈 손가락질하고 있는 처지다.

그 모든 일이 바로 이놈의 영장신청 때문이었다.

당연히 기각될 게 빤한 영장을 왜 신청했겠나. 그 자체만으로도 뉴스거리가 되고 공론화가 되니 한 것이다.

"판례 많이 뒤져 봤으니 더 잘 아실 거 아니요. 법원이 우리 책임 인정한 적 있습니까? 당신들 이러는 거 결국 재판 결과 승복 안 하겠단 억지요."

"지사장님. 정말 책임을 못 느끼세요?"

"뭐?"

"판례를 많이 뒤져 봤는데, 볼 때마다 신기하더군요. 매달 같은 방식으로 사람이 죽는데 한 번도 개선된 적이 없어요. 나 같으면 부끄러울 것 같습니다. 도로공사, 철도공사 험한 일 하는 공공 기관이 수도 없이 많은데 사망 사고는 대한전력이 1등 아닙니까."

"그래서 도의적인 책임을 느낀다고 여러 번 사과했잖아!"

준철은 그를 경멸적으로 쳐다봤다.

"내 잘못은 아니지만 어쨌건 사과는 하겠다, 이게 도의적 책임 아닙니까. 그런 거 필요 없으니 직무적인 책임지세요."

공정거래
위원회

"벽하고 대화하는 기분이구먼."

지사장은 준철이 가져온 서류를 찢으며 비웃음을 흘렸다.

"갑시다, 대법원. 판례까지 있다는데도 우기면 어쩔 수 없지."

확실히 공공 기관이 철밥통이긴 한 모양이다.

여느 사기업에선 느껴 볼 수 없는 모욕이었다.

"우리도 할 말 많아. 당신들 무슨 사문서위조 혐의로 우리 임원들 영장 걸었지? 재판 때 제출한 자료가 다 조작됐다고?"

"아닙니까. 근로 일지랑 현장 점검 내용 다 조작한 것 같던데."

"꼴값 떨지 마. 너 그거 공론화시키려고 일부러 이상한 혐의 건 거잖아. 근데 뒷감당할 수 있겠어?"

지사장은 예의를 완전히 벗어던지고 막말을 쏟아 냈다.

준철은 그 모습이 오히려 편하고 반가웠다.

"이것도 완전 등신이구먼."

"뭐, 뭐?"

"그럼 안전 수칙 다 잘 지켰는데 사망 사고가 유독 많았겠어? 원청이 반값 하청 데려온 것 자체가 아이러니야. 난 당신 횡령·배임 의혹도 걸 수 있어. 그럴 거면 그냥 하청한테 몇 십억 더 주고 일 시켜도 됐잖아."

이성을 잃은 놈과의 대화는 더 이상 의미 없다.

엉덩이를 들고 일어나자 놈이 고래고래 소리를 질렀다.

"두고 봐 이 새끼야! 법원이 우릴 구속하는지 마는지! 네가 우리 욕먹게 하려고 영장 친 거 세상이 다 알게 해 주마."

푸닥거리를 마치고 사무실로 복귀하는 길.

차 안은 숨소리도 들리지 않을 만큼 적막했다. 아무리 증거인멸을 강조해도 이런 상황에서 구속수사가 진행되는 건 부질없는 희망이다.

내심 대한전력이 항복하길 바라고 왔지만 놈들의 태도를 보니 그것마저 요원할 것 같다.

"반장님. 영장 발부는 어떻게 돼 가고 있습니까."

"어제까지 답변을 주기로 했습니다만 좀 늦어지나 보군요."

"대답은 언제쯤……."

"미정입니다."

벌써부터 불운한 징조가 보인다.

법원이 영장 기일을 미루는 건 기각될 가능성이 높다는 것이다.

"아마 여론 등쌀에 밀려 고민하는 척하겠지만 결국 기각으로 결론 날 것 같네요."

김 반장이 말끝을 흐리자 박 조사관이 끼어들었다.

"팀장님. 현실적으로 영장은 단념해야 돼요. 대한전력이 사문서를 위조했다는 명백한 증거를 잡은 것도 아니고 그렇다고 판례가 유리한 것도 아니고…… 법원은 당연히 그쪽 편들겠죠."

"검찰은 이 사건을 대법원에 가져가는 것도 싫어합니다."

"우리 편은 하나도 없어요."

확실히 힘에 부친다.

이 정도로 여론이 달아올랐으면 관련기관이 부랴부랴 불끄러 나와야 할 텐데.

떡값의 힘인지 불리한 판례의 힘인지 아직도 나서는 놈이 없다.

"구속영장 기각되면 원점입니다. 대법원 판결도 1, 2심과 크게 다르지 않을 겁니다."

어두운 전망이 계속되자 준철이 입을 열었다.

"불구속 수사가 무죄라는 뜻은 아닙니다. 영장 기각됐는데 유죄받은 사례도 많아요."

준철도 불안했다. 불리한 것 투성이라 3심을 진행하고 싶지 않았기 때문이다.

하지만 여기서 포기하면 영원히 관행이 뒤바뀌지 않는다.

처음엔 한명건설에 대한 증오로 시작했지만, 어느새 속죄하는 마음이 더 커져 갔다. 김성균으로 살면서 얼마나 많은 사망 사고를 덮어 왔나.

만약 증오심으로 이 조사를 진행했다면 책임을 한명건설에만 한정했을 것이다.

하지만 복수보단 속죄가 먼저라 생각했고, 개인적인 생각에도 이 사건은 대한전력 책임이 맞았다.

"고생하시는 거 아는데, 좀만 더 해 봅시다."

강행하겠단 의지를 내비치자 더는 반론이 나오지 않았다.

"반장님, 잠시 얘기 좀 나눌까요."

반원들이 올라가자 차 안엔 준철과 김 반장만 남았다.

"검찰 반응이 많이 안 좋습니까."

"안 좋다마다요. 영장도 원래 안 들어주는 거 우리가 소장을 아예 다 작성해서 바쳤어요. 제발 좀 해 달라고…… 담당 검사가 그 정도면 법원 분위기 딱 나오죠."

김 반장이 눈치를 살폈다.

"근데 팀장님. 정말 3심 강행하실 겁니까. 혹시 다른 방법은 생각 없으신지."

"다른 방법요?"

"대한전력이 저렇게 나오는 거 보니 그래도 보상은 확실히 해 줄 모양입니다. 그…… 유가족분들도 차라리 현실적으로 타협하는 게 낫지 않습니까."

김 반장은 이런 얘길 꺼내는 자신이 미웠다.

하지만 꼭 해야 할 말이다.

"대한전력 말대로 죽은 사람은 돌아오지 않습니다. 그럼 차라리 배상이라도 많이 받는 게 유가족들한텐 나아요."

처벌을 포기하면 배상은 높아진다.

대한전력은 지금 유가족들에게 백지수표라도 주고 싶을 것이다.

"저도 생각 안 해 본 건 아닙니다. 근데 유가족 측에선 이미 배상금을 반환해 버렸더군요. 돈으로 달랠 만한 분노가 아니었습니다. 애초에 그게 목표였으면 국회 앞에서 일인투쟁을 하지도 않았겠죠."

예전엔 모든 것은 다 돈으로 살 수 있으리라 믿었다.

이를 거절하는 건 액수가 부족하기 때문이라 믿었다.

하지만 믿었던 부회장에게 배신당하고, 가족들까지 잃어 보니 여실히 알겠다. 세상은 돈으로 절대 살 수 없다는 걸.

일확천금을 준다 해도 부회장은 용서할 수가 없다. 만약 놈에 대한 단죄와 돈 둘 중 하나를 선택하라면 주저 없이 단죄다.

지금 유가족들도 같은 심정일 것이다.

배상을 포기하는 한이 있더라도 처벌은 포기할 수 없겠지. 설사 대한전력 간부들이 집행유예로 끝난다 하더라도 그건 돈과 바꿀 수 없는 가치다.

"괜한 얘길 꺼냈군요. 죄송합니다."

"아닙니다. 충분히 해 볼 만한 얘기였어요."

이젠 최악의 상황을 생각해 봐야 한다. 불구속 수사로 진행돼도 3심에서 이길 방법 말이다.

"반장님. 이거 시공을 한 하청사는 어디였죠?"

"태영건설의 김태영 사장입니다."

"우리 그분 한번 만나 볼까요?"

"예? 그 사람은 이미 직무유기로 집행유예 처분을 받았는데요. 유가족들이 딱히 원망하는 사장도 아니고…….."

김 반장의 눈썹이 들썩거렸다.

"설마 협조 요청하시려고요?"

"제가 봤을 때 한명건설은 사고 터지자마자 이쪽으로 달려갔을 것 같아요. 근로 일지, 안전 점검 조작하려면 이 사람 협조가 필수죠."

"그럼…… 만나 봤자 의미가 없잖습니까. 결국 한통속이란 뜻인데."

"쌓인 게 많을 겁니다. 사실 공사는 구조적으로 불가능했는데 처벌은 자신 혼자 당했으니."

"그런다고 도와주겠습니까."

"밑져야 본전이죠. 만약 이 사람이 법원 자료가 조작됐다고 말해 주면 사문서위조 혐의 빼도 박도 못합니다."

당연히 그러겠다만 그게 과연 쉬울까.

하지만 고민은 길지 않았다. 지금 상황에선 쓸 수 있는 카드가 없다.

"일단 이 사람과 자리 좀 잡아 주세요. 공판 전략은 그때

공정거래
위원회

다시 말씀하죠."

"사장님. 공정위가 영장까지 신청한 걸 보면 무조건 3심 갈 모양입니다."

"그것도 한명건설이 아니라 대한전력을 쳤습니다."

"이건 진짜 끝까지 가겠다는 거 아닌지……."

태영건설 사장실엔 짙은 한숨만 가득했다.

만약 대한전력이 처벌 받게 되면 원청은 물론 시공사인 자신들에게까지 화가 미치게 된다. 겨우겨우 막은 집행유예가 실형으로 뒤바뀌는 건 시간문제다.

"사서 걱정 말자. 어차피 2심까지 무죄였잖아."

"……여론은 2심까지 무죄였단 사실에 더욱 분노하고 있어요. 이럼 대법 판결에도 당연히 영향을 미칠 겁니다."

"다른 무엇보다 공정위 영장 사유가 사문서위조였습니다."

사장실에선 이제 한숨 소리도 찾아보기 힘들었다.

한명건설의 지시를 받고 근로 일지와 현장 점검 내용을 모두 조작하지 않았나.

원래 공사판은 다 가라일지 쓴다, 빠듯한 예산을 맞추기 위해선 어쩔 수 없었다, 이따위 변명은 국민들에게 씨알도 먹히지 않는다.

사고를 터트린 것도 모자라 은폐까지 시도했던 공범으로 몰릴 것이다.

"……솔직히 지금이라도 늦지 않았습니다. 이실직고하시죠."

"한명건설에서 서류 조작하라고 지시 내린 대화 기록도 있잖습니까. 미리 자백하면 공정위도 정상참작 해 줄 겁니다."

"……아닌 말로 우리도 피해자 아닙니까? 100억도 간당간당한 공사를 50억에 해치웠어요. 현장에서 사고가 안 터지는 게 이상하죠."

김 사장은 주먹에 힘이 들어갔다.

사실 사람이 한 명만 죽은 것도 기적인 공사다.

공사비가 반이나 삭감됐으니 현장에서 지킬 수 있는 안전수칙이 없었다.

이에 대해 몇 차례 문제 제기해 봤으나 돌아오는 건 면박과 일감 끊겠단 협박이었다.

그렇다고 당국은 달랐나? 모든 책임은 시공사인 자신들이 져야 했고, 처벌도 자신에게만 집행유예가 내려지며 유야무야 끝났다.

쾅!

그래서 더 잘 안다. 이따위 나약한 감정에 빠지면 안 된다는 걸.

"자백? 나더러 한명건설이랑 대한전력 팔아먹으라고?"

"그게 아니라……."

"그럼 앞으로 공사 어떡할 거야? 안 그래도 산재 기록 생겨서 앞으로 일감 따는 건 하늘에 별 따기야. 그런 마당에 원청을 고발하고 발주사까지 고발해?"

김 사장은 집행유예가 실형으로 바뀐다 해도 그럴 생각이 없었다. 이 바닥에서 매장당하고 굶어 죽는 건 그보다 더 끔찍한 처벌이다.

"박 전무! 우리 이미 사람 죽인 건설 업체 됐다. 이대로 주저앉을 거야?"

"아, 아닙니다."

"김 이사, 우리 사망 사고 이후 공사 입찰 20%나 줄었지?"

"죄, 죄송합니다."

"자네들도 비상한 각오로 임해. 이미 사람 죽인 하청 업체로 찍혔는데, 이 바닥에서 재취업 되겠어? 회사 무너지면 자네들도 끝이야."

부도, 실업자.

이 마법의 단어는 자백하자는 극성 임원들도 입 다물게 만들었다.

쓸모없는 임원들이 모두 물러가자 김 사장은 담배를 물었다.

"……아버지."

"그만하자."

"임원들 말이 틀린 건 아닙니다. 검찰과 다르게 공정위는 이 모든 책임을 대한전력에게 있다 보고 있어요. 영장도 그들에게 신청하지 않았습니까."

"협조하는 순간 칼을 우리한테 들이밀 거다. 공무원은 다 거기서 거기야."

"미리 단정 지으면 아무것도 못 해요. 솔직히 아버지도 억울한 거 다 참고 지금까지 버틴 거 아닙니까."

고인의 장례식이 열렸던 날.

김태영 사장이 보였던 눈물은 진심이었다. 부족한 예산으로 공사를 진행시킨 게 자기 탓 같았다.

그래서 법정에서도 자신의 혐의를 적극 부인하지 않았고, 유가족들에게 무릎을 꿇으며 사과했다. 만약 유가족들과의 합의가 없었더라면 절대로 실형을 못 피했을 것이다.

하지만 돈은 진심 어린 반성도 무색하게 만들었다.

대한전력의 전화와 한명건설의 일감 끊겠단 협박에 현실이 보였고, 자신만 바라보는 수십 명의 임직원이 보였다.

그게 보이니 마지막 남은 양심을 지킬 수 없었다.

"그래서 다 처벌받았잖아, 내가."

똑똑.

그때 노크 소리가 들리며 비서가 들어왔다.

"저, 사장님……. 공정위에서 오셨는데요."

처음 만난 그는 눈길도 주지 않으며 찻잔만 바라봤다.

죄책감과 억울함이 공존할 것이다.

"김 사장님, 저는 그래도 사장님의 진정성을 믿습니다."

"무슨 말씀인지……."

"재판 자료 보니 혐의를 부인하지 않았더군요. 빠듯한 공사비 탓하며 자기 책임 아니라 우기실 법도 한데."

"……."

"유가족에게도 그 진정성이 전달됐으니, 합의로 끝났을 거라 봅니다."

김 사장은 눈을 질끈 감았다.

"사실 저흰 이 공사의 책임이 태영건설에 있다 생각하지 않습니다. 한명건설에서 100억에 딴 공사가 하청 세 번을 걸치며 반토막 났더군요."

"팀장님, 저는 이 문제로 수십 번이나 법정에 불려 나갔습니다. 계속 이 얘기 하셔야겠습니까."

"그럼 본론만 말씀드리죠. 마지막 남은 양심은 팔지 마세요."

척-.

준철이 내민 자료엔 절대로 마주하고 싶지 않은 진실들이 적혀 있었다.

"근로 일지, 현장 점검표를 봤는데 모두 다 수칙을 지킨 걸로 되어 있더군요."

"팀장님."

척—.

"근데 대한전력 사망 사고를 보면 전부 다 수칙 위반은 없었다고 나와 있습니다. 한마디로 지금까지 시공했던 모든 하청사가 다 수칙을 지켰다는 겁니다. 근데 왜 이렇게 사람이 많이 죽었을까요."

"……."

"사고 터지자마자 한명건설에서 전화 왔죠, 일지부터 조작하라고? 아마 여기 자재 창고에 안전 장비를 다 쑤셔 넣었을 겁니다. 경찰과 노동부는 창고에 있는 물품부터 조사하니."

—김 사장, 우리 오래 갑시다.

당일 도착한 한명그룹 비서실장의 말이었다.

—이거 만약 대한전력이 처벌 받으면 원청인 우리나 태영이나 서로 위험해요. 오늘 안으로 본사에서 안전 장비 입고시킬 거요. 자재 창고에 그거 다 박아 놓을 테니, 김 사장은 근로 일지만 손봐.

젊은 팀장의 말 한마디 한마디가 자꾸 잊고 싶은 기억을 떠올리게 한다.

대답 없이 표정만 굳어 가는 그의 얼굴이 모든 걸 말해 줬다. 역시나 재판 앞두고 서류 조작이 있었다는 걸.

"죗값을 받았다고 흔적이 없어지는 게 아닙니다. 사망자가 죽게 된 경위, 명확한 진상 규명. 이거야말로 희생자에게 반성하는 모습이죠."

"……하고 싶은 말이 뭡니까."

"저희 지금 대한전력 간부들에게 영장 청구했습니다, 사문서위조 혐의로. 사장님의 직접적인 증언만 있으면 바로 구치소로 보낼 수 있습니다."

"……난 그들에게 전화 받은 적 없소."

"원청인 한명건설에서 전화를 했겠죠. 그것만으로도 대한전력 간부 구속시킬 수 있습니다."

"……그 사람들에게도 받은 거 없어요. 법원에 제출한 자료는 다 사실입니다."

준철은 가만히 그를 노려봤다.

"손바닥으로 하늘을 가리시려고요?"

"난 모르는 일이오. 이미 이 문제에 대해 다 처벌 받았고, 유가족들과 합의도 했는데 왜 나한테 이러는 겁니까. 서류 위조가 의심되면 증거를 직접 찾으십쇼."

위축됐던 말투가 점점 커졌다.

아예 뻔뻔하게 나가기로 마음 굳힌 모양이다.

"이렇게 나오시면 대한전력으로 갈 화살이 이쪽으로 올 수도 있습니다."

"뭐요?"

"증거 조작을 가장 앞장서서 하셨을 거 아닙니까."

"협박하는 거요?"

"있는 사실을 다 드러내겠다는 겁니다. 솔직히 못 할 것도 없습니다. 대한전력의 사망 사고가 작년에만 8건이었어요. 사장님처럼 근로 일지 조작한 사람 중에 정말 자백 하나 안 나올까요?"

"지, 지금 무슨……."

"그중에 단 한 사람이라도 자백 나오면 결국 다 드러날 겁니다. 사장님도 무사치 못해요."

가슴이 철렁였다.

대한전력엔 사망 사고 많다. 자신처럼 협박당한 사람이 많을 거란 걸 잠시 잊고 있었다. 그중에서 정말 한 명이라도 입을 열면 정말 이 젊은 놈 말대로 된다.

"한 가지 더 말씀드리죠. 이거 계속 떠안는다고 한명건설이 뒤를 계속 봐줄까요?"

"……."

"천만에요. 1-2년 공사 일감 주다 결국 모르쇠 할 겁니다. 한명은 태양건설을 이미 무능하다 생각해요. 어찌 됐건 공사장에서 사망 사고를 낸 하청이니까."

"지금 조사에 협조 안 한다고 저주하는 겁니까."

"그게 사실입니다. 더 잘 아시잖아요."

참다못한 그가 벌떡 일어났다.

"더 이상 할 말 없어. 당장 나가!"

"사장님."

"나가라니까."

더 이상 대화를 이어 갈 분위기가 아니었기에 준철도 엉덩이를 들 수밖에 없었다.

그때 그가 울컥하며 목소리를 높였다.

"불의의 사고였어! 아무도 예상치 못했던 사고라고. 난 그 사건으로 이미 처벌까지 받았는데, 공무원들은 만만한 게 하청이지? 공사판에서 근로 일지 매뉴얼대로 작성하는 곳이 얼마나 있어. 다 조금씩 손보는 거고 우리도 그 수준을 크게 벗어나지 않았어."

억울한 감정이 한 번에 쏟아져 나왔다.

처음부터 말이 안 되는 공사비였다. 그걸 알았으면 수사기관이 자신만 조사하지 않았을 거다. 대기업과 공공기관은 건들 수 없으니 그들이 치러야 할 죗값도 대신 치렀다.

공무원들은 하청의 작은 잘못은 크게 부풀리고, 원청의 잘못은 축소하기 바빴다. 이 젊은 놈도 마찬가지다. 조작을 지시한 한명건설 임원이나 불러 압박하지 왜 어려운 얘길 자신에게 시키는가.

여느 공무원과 다를 바 없다 생각되자 고함이 터져 나왔다.

"사장님, 영장 발표가 내일인데 그때까지 답을 달란 말은 안 하겠습니다. 감정 정리할 시간이 필요하시겠군요."

그의 악다구니 쓰는 모습에 준철은 오히려 희망의 빛을 봤다. 확실히 억울한 감정이 있긴 하구나.

"하지만 법원에서 영장 기각한다 해도 우린 무조건 3심 갈 겁니다."

"지금 내 말 귓등으로 들었어?"

"사장님을 증인 신청해 놓겠습니다. 희생자에게 정말 미안하다면 재판에 출석해 주세요. 태영건설이 무능해서 사망 사고를 낸 게 아니라, 무리한 공사비를 맞추니 사고가 날 수밖에 없었다. 이걸 입증하는 게 귀사에도 좋을 겁니다."

준철은 그 말을 남기고 홀연히 떠났다.

그렇게 준철이 나가고 난 뒤.

그는 한참이나 서 있다 눈물을 왈칵 쏟았다.

지금은 누구보다 이기적으로, 자신만 바라보는 임직원을 생각해야 하는데……. 아직 남은 양심 파편이 마음속을 계속 찌른다.

구속영장은 예상대로 기각되었다.

법원은 도주의 우려가 없으며, 사문서 위조를 뒷받침할 만한 근거가 부족하다고 특별히 주석까지 달았다.

불붙은 수사에 찬물을 끼얹는 발표였으나, 여론엔 기름을 붓는 격이었다.

—도주의 우려가 없으면 기각이냐?

—증거인멸의 우려는 고려 안 하는 거지?

—ㄹㅇㅋㅋ 사고 터지면 원청이 제일 먼저 하는 게 근로일지 조작인데. 법원이 알면서도 당해 주겠다는 거지.

—백번 양보해서 안전 수칙 다 지켰다 치자. 달마다 사람이 죽었으면

그 수칙 자체가 개판이란 뜻 아닌가?

　－ㅇ.ㅇ 그냥 모르는 놈이 듣기에도 개판. 원청은 100억에 공사 따가고, 시공사는 50억에 시공.

　－대한전력이 시공사랑 '직거래'했으면 2인1조 작업을 3인1조에도 할 수 있음

　－대한전력이 외주 안 주고 직접 했으면 120억에도 공사 가능.

　－그럼 문제 이렇게 커지지도 않지ㅋㅋㅋ 사람 하나만 죽어도 노조 들고일어났을 텐데.

　－대·전 노조만 들고 일어났겠냐. 공공기관 노조동맹 다 들고일어났을걸. 나라가 안 돌아감.

　영장 기각이 발표된 당일.
　유가족들은 의사당 앞에서 규탄 시위를 열었다.

　－법원의 반인륜적 처사에 통탄을 금할 수 없습니다! 안전 수칙이 모두 다 지켜졌다면 이렇게 사람이 죽을 수 있습니까! 평소 위험의 외주화를 외치던 의원님들께선 지금 어디 계신지요.

　－국민여러분. 저희 유가족대책위원회는 모두가 외면하더라도 이 투쟁을 그치지 않을 것입니다. 저희마저 외면하면 제2, 제3의 피해자가 나올 걸 알기 때문입니다. 먼 훗날 역사는 사법부도 공범이라 기록할 것입니다!

공정거래
위원회

오 과장은 실시간으로 방송되는 뉴스를 껐다.

"결국 기각됐군."

"……죄송합니다."

"영장 심사는 미리 보기나 다름없어. 안 좋은 징조라는 건 알지?"

준철은 힘없이 고개를 끄덕였다.

"그래도 계속할 거냐?"

"사람이 죽었지만 아무런 개선이 되지 않았습니다. 제2의 피해자를 방지하기 위해서라도 3심 진행할 생각입니다."

"뜻은 이해한다만 현실적인 부분도 고려해라. 지금까지의 조사만 보면 1, 2심과 다른 내용이 없다."

"사실 노력을 들이고 있는 일이 있습니다만……."

"노력?"

"김태영 사장을 설득 중에 있습니다."

"김태영이면 그 하청업체?"

"네. 당시 사고의 모든 책임을 지고 집행유예까지 받았더 군요. 근로일지 조작도 이쪽에서 처리한 것 같습니다. 만약 그자가 자백해 주면 대법에서 뒤집을 수 있습니다."

소스 자체는 좋다.

하청 사장이 증거인멸 했다고 자백해 주면 대한전력은 반 드시 처벌 받게 될 거다.

"그래서 그 사람한테 자백 나왔어?"

"그건 아직……."

"그럼 재판에 증인 출석해 주겠대?"

"……."

"그럼 되겠냐? 하청은 결국 원청 편이야. 갑질 당하던 놈도 원청 쓰러질 것 같다면 육탄 방어 해 준다고. 미련 버려라. 그놈은 절대로 이 재판에 출석 안 한다."

"꼭 그것만 준비한 건 아닙니다. 당시 현장에 있던 인부들, 그리고 사무직 직원들 중심으로 증언을 얻기 위해 노력 중입니다."

아무런 결과가 없단 얘긴 하지 않았다.

과장님은 이미 알고 있는 눈치였으니.

"이 팀장, 이럴 때일수록 머리는 냉정해야 된다. 지금 대한전력에서 유가족들한테 백지수표 줬다고 했지? 만약 3심까지 무죄 떨어지면 이놈들 그 수표 걷어 간다. 이제 두려운 거없으니까."

"유가족들은 그 수표 찢은 지 오랩니다. 돈으로 달래질 분노가 아니었습니다."

"안 될 싸움 말리는 것도 수사기관의 역할 중 하나야."

"과장님, 최선을 다해 보겠습니다. 유죄 못 받아 내도 대한전력은 느끼는 바가 많을 겁니다. 사람이 죽으면 3심까지 갈 수도 있구나 싶겠죠. 그럼 전신주정비사업도 더 나은 환경으로 개선될 겁니다."

공정거래
위원회

고집을 꺾지 않는 녀석을 보며 오 과장이 한숨을 내쉬었
다.

🌀

여론은 들끓었지만 재판 결과는 냉정하게 예측하는 부류
가 많았다. 영장 심사가 기각된 만큼, 결국 대한전력도 무죄
를 받을 것이란 전망이 우세했다.

수사과정은 여론의 예측대로였다.

그 뒤 여러 차례 대한전력 간부들을 소환해 심문했지만,
나왔던 대답만 되풀이될 뿐 진척이 전혀 없었다. 불구속 수
사의 한계가 명확했던 것이다.

그렇게 재판 당일이 왔을 때, 준철은 무거운 발걸음을 이
끌고 법원에 출석했다.

언론에선 오늘 3심을 세기의 재판이라 불렀다. 만약 대한
전력을 처벌하면 최초로 발주자를 처벌한 사례가 되기 때문
이다. 공공기관의 입찰 심사에서 안전기준이 까다로워질 것
이고, 산재 사망률도 줄일 수 있을 거란 기대가 모였다.

그 탓에 서초구엔 기자들로 발 디딜 틈이 없었다.

-한 말씀만 해 주십쇼. 대법 판결을 강행하신 이유가 뭡니까?

-1, 2심에서 밝혀내지 못한 추가 증거가 발견됐습니까?

시작부터 힘 빠지는 질문…… 꼭 질타처럼 들린다.

－일각에선 결정적 증언이 확보됐단 얘기도 있었습니다.

－사건을 뒤집을 만큼 충격적입니까?

준철은 좌우를 물리치며 한마디도 입을 떼지 않았다.

－한 말씀만 해 주세요!

－설마 1, 2심 수사 내용과 차이가 없는 겁니까?

"아이고 저런."

승냥이 피하니 호랑이 앞이다.

기자들을 따돌리고 법원에 입성하자, 대한전력 5인방이 비릿한 웃음을 보이고 있었다.

"우리 이 팀장님이 기자들을 피해 다니는 날도 있군요."

"……."

"살살 좀 부탁드립니다. 허허."

방청권을 따낸 기자들은 맥없이 준철을 바라봤다.

"이 재판……. 이미 진 것 같은데?"

"이건 솔직히 결과를 볼 것도 말 것도 없겠어. 공정위에서 먼저 언론에 터트렸는데 왜 오늘 잠잠하냐고."

"딴 거 다 몰라도 저걸 봐 봐. 변호인 측은 증인을 저렇게나 많이 섭외했는데, 검찰 측 증인은 세 명밖에 없어."

"뭐야, 그중에서도 한 명은 안 왔잖아?"

"설마, 아무런 준비도 없이 무작정 3심 강행한 거야?"

기자들은 혀를 찼다.

비단 증인 숫자만 달린 게 아니다.

변호인은 이름만 들어도 알 만한 로펌들인데, 검찰은 딱 봐도 풋내기로 보이는 젊은 검사와 팀장 두 명뿐이다.

"젠장. 기사 제목 미리 뽑아 놨는데. 골리앗을 이긴 다윗이라고."

"지금이라도 바꾸자. 차라리 공정위의 부실 수사를 지적하는 게 낫겠어."

"명색이 대법 재판인데 이렇게 준비 안 해도 되는 거야?"

산만한 분위기가 계속될 때 법원 공무원이 판사 입장을 알렸다.

ㅡ재판장님 입장하십니다. 모두 기립해 주십쇼.

이와 함께 세기의 재판을 담당할 대법관 세 명이 차례로 입장했다.

주심판사는 양측을 번갈아 보더니 짧게 한숨을 내쉬었다.

"시작하기에 앞서 검사 측. 시공사인 김태영 사장을 증인으로 신청했는데, 아직 안 온 겁니까."

"……죄송합니다. 재판 진행에 차질 없게끔 준비하겠습니다."

"판사님, 저 자체만으로도 법정 기만입니다. 세상에 판사보다 늦게 도착하는 증인은 없습니다."

"변호인 측 그만하세요. 오늘은 사망자의 죽음을 밝히는 마지막 재판입니다. 증인이 제시간에 도착하면 출석으로 인정하겠습니다."

대한전력과 한명그룹 사람들은 입맛을 다셨지만 크게 아쉬워하진 않았다.

이 시간까지 나타나지 않았다는 건 불출석하겠단 뜻과 다름없으니.

"그럼 시작하겠습니다. 검찰 측 공소 제기 하세요."

담당검사는 일어나 사건에 대해 소상히 설명했다.

이미 2심까지 진행된 사건이라 같은 얘기의 반복이었지만, 달라진 점도 있었다.

"……하여 근로일지, 안전 점검 등의 서류가 조작되었다고 판단. 일곱 명의 피고인을 사문서 위조 혐의로 고발합니다."

공소 제기가 끝나자 변호인들이 기다렸다는 듯 벌떡 일어났다.

"먼저 고인의 죽음에 대해선 안타깝게 생각하는 바입니다. 하지만 감정에 치우쳐 지나친 의혹을 제기하고, 없는 사실을 언론에 퍼트리는 건 사법 살인 아닐까요."

변호사는 주심 판사에게 증거를 제출했다.

"공정위와 검찰 측이 제기한 의혹은 모두 사실무근입니다. 전신주정비사업은 안전 수칙을 모두 지켰지만, 업무 특성상 발생할 수밖에 없는 불의의 사고였습니다."

**공정거래
위원회**

"정말 안타깝지만 그 사고는 고인의 부주의가 1차적 원인입니다. 시공사인 김태영 사장이 제출한 바, 전신주 정비엔 2인1조가 투입됐으며 안전 장비 또한 모두 지급되었습니다. 이것 또한 중요한 증거죠."

뒤이어 사진이 등장했다.

"보시는 바와 같이 시공사인 태영건설 창고엔 안전 장비가 가득했습니다. 사고 터진 직후 경찰과 노동부에서 찍어 간 사진이니 조작됐을 수 없죠. 하지만 덥다는 이유로 사망자가 자주 벗었다고 합니다."

그리 말하자 유가족들이 벌떡 일어났다.

"그 소린 우리 재판 때도 나왔어! 절연 장갑 지급했는데 사망자가 덥다고 벗었다."

"판사님, 저희도 같은 얘기 들었습니다. 자기들은 2인1조 수칙 지켰는데 우리 애 아빠가 혼자 올라간 거라 했어요."

"저건 거짓말입니다."

"유가족 여러분, 이게 진실입니다. 근로일지와 현장 점검 내용이 모두 그렇게 적혀 있잖습니까."

"그거야 당신들이 조작했으니까!"

"그럼 조작을 했다는 증거가 있나요?"

"그런 사건에 물증을 어떻게 찾아! 달마다 사람이 죽어 나가는 것 자체가 안전 실태가 부실했단 증거라고."

유가족들이 목소리를 높이자 재판장이 의사봉을 두드렸

다.

"정숙, 정숙. 유가족분들. 안타까운 마음은 알지만 여기는 법정입니다. 명확한 증거도 없이 의혹만 제기해선 안 됩니다."

그리 말하며 준철을 봤다.

"검찰 측, 해당 사건에 대해 사문서 위조 혐의로 영장을 청구하셨지요. 그럼 그에 대한 증거가 있습니까?"

준철은 입술을 깨물었다.

이런 사건은 물증을 찾을 수가 없다.

"그렇다면 이를 입증할 만한 증인이나 진술을 확보하셨습니까?"

두 번째 물음에도 답을 못 하자 재판장이 슬며시 고개를 돌렸다.

"변호인 측 계속하세요."

"네, 재판장님. 해당 사건은 불의의 사고로 일어난 사건입니다. 저희는 이미 1, 2심에서 이 내용에 대해 소상히 밝혔습니다. 이미 결정 난 문제를 당국이 부채질해 여기까지 키워 온 감도 없잖아 있습니다."

"하지만 이 문제는 여기서 끝내야지 않겠습니까. 사망자의 부주의가 1차적이라 말하는 저희도 괴롭긴 마찬가지입니다. 이러한 비인륜적 재판은 얼른 끝나야 합니다."

죽은 사람은 말이 없다.

눈 하나 깜빡이지 않고 이 모든 걸 다 사망자의 실수로 몰아갔다. 하지만 나설 방법이 없었다. 그의 말대로 이건 증거가 남지 않는 일이었으니.

"검사 측. 이미 2심까지 진행된 사건이라 본 재판부도 오래 끌지 않겠습니다. 더 할 말이 없으면 판결 내리도록 하겠습니다."

"……."

"없습니까?"

주심 판사는 씁쓸한 얼굴로 의사봉을 들었다.

"본 법원은……."

그때.

벌컥.

재판장 문이 열리며 한 사내가 들어왔다.

다음 권으로 이어집니다

꿈의 도약, 로크에서 하십시오
(주)로크미디어에서 신인 작가를 모십니다

즐거운 세상, 로크미디어는 꿈을 사랑하고 도전을 두려워하지 않는 작가 분들의 참신한 작품을 기다리고 있습니다. 21세기 장르 문학계를 이끌어 갈 차세대 선두 주자 (주)로크미디어에서 여러분의 나래를 활짝 펴 보시길 바랍니다.

모집 분야 판타지와 무협을 포함한 장르 문학
모집 대상 아마추어 작가, 인터넷 작가
모집 기한 수시 모집
　　작품 접수 시 유의 사항
　　　　1. 파일명은 작가명_작품명.hwp형식을 갖춰 주십시오.
　　　　1. 파일에 들어갈 내용은 다음과 같습니다.
　　　　　　— 성명(필명인 경우 실명을 밝혀 주세요), 연락처, 이메일 주소.
　　　　　　— 제목, 기획 의도.
　　　　　　— A4 용지 1장 분량의 등장인물 소개.
　　　　　　— A4 용지 2장 분량의 전체 줄거리.
　　　　　　— 본문.
　　　　1. 작품이 인터넷에 연재되고 있다면, 게시판명과 사이트의 구체적이고
　　　　　　정확한 주소를 기재해 주십시오.

선택된 작품은 정식 계약 후 출판물로 간행되어 전국 서점에 유통됩니다.
작가분은 (주)로크미디어의 전폭적인 지원하에 전속 작가로 활동하시게 됩니다.
※ 자세한 내용은 로크미디어 홈페이지(rokmedia.com)를 참조하세요.

(04167)서울시 마포구 마포대로 45 일진빌딩 6층
(주)로크미디어 편집부 신간 기획 담당자 앞
전화 : 02 − 3273 − 5135
www.rokmedia.com　　이메일 : rokmedia@empas.com